SPAN
FIC
CAS

MAY 0 4 2011

Cómo Atrapar a un Conde

KATHRYN CASKIE

CÓMO ATRAPAR A UN CONDE

Titania Editores
ARGENTINA - CHILE - COLOMBIA - ESPAÑA
ESTADOS UNIDOS - MÉXICO - PERÚ - URUGUAY - VENEZUELA

Título original: *How to Engage an Earl*
Editor original: Avon Books, An Imprint of HarperCollinsPublishers, Nueva York
Traducción: Claudia Viñas Donoso

Reservados todos los derechos. Queda rigurosamente prohibida, sin la autorización escrita de los titulares del *copyright*, bajo las sanciones establecidas en las leyes, la reproducción parcial o total de esta obra por cualquier medio o procedimiento, incluidos la reprografía y el tratamiento informático, así como la distribución de ejemplares mediante alquiler o préstamo público.

1ª edición Julio 2010

Copyright © 2007 *by* Kathryn Caskie
All Rights Reserved
© 2010 *by* Ediciones Urano, S.A.
   Aribau, 142, pral. - 08036 Barcelona
   www.titania.org
   atencion@titania.org

ISBN: 978-84-96711-89-1
Depósito legal: B-26.060-2010

Fotocomposición: A.P.G. Estudi Gràfic, S.L.
Impreso por Romanyà Valls, S.A. - Verdaguer, 1 - 08786 Capellades (Barcelona)

Impreso en España - *Printed in Spain*

Agradecimientos

Deseo hacer llegar mis agradecimientos a todas las personas que contribuyeron a llevar a compleción esta novela y cuyas aportaciones al libro, mi profesión y mi vida de escritora hacen tan gratificante este proceso.

Lucia Macro, mi maravillosa editora, y Esi Sogah, que despejaron sus escritorios para encargarse de que este libro entrara en producción antes que limpiaran Time Square de los confeti.

Jenny Bent, mi fabulosa agente en Trident Media Group, por estar siempre presente para mí. Eres la mejor agente que podría tener. También a su ayudante Victoria Horn, por cuidar de mí siempre.

Franzeca Drouin, mi muy paciente investigadora, que siempre sabe dónde encontrar fuentes de información incluso para los más remotos y raros detalles históricos.

Nancy Mayer, extraordinaria experta en el periodo de la Regencia, que hizo la milla extra revisando las páginas que componen el periodo para ayudarme a determinar los requisitos para que un par del reino ocupara el escaño de su familia en la Cámara de los Lores. Tu conocimiento de este periodo no tiene precio para mí.

Mi querida lectora Peg, que recorrió Cockspur Street y la iglesia Saint George en Londres para reunir material de investigación para mí.

Sophia Nash, amiga y dotada escritora, por sus constantes palabras de aliento y por empujarme hacia el «fin» con el señuelo de salir de compras.

Y por último, mi gratitud eterna va a los productores de Red Bull (sin azúcar) y a los camareros de Starbucks por mantenerme lo bastante cafeinada durante el proceso de escribir esta historia.

Capítulo 1

Cómo hacerse invisible

Berkeley Square, Londres
Abril de 1815

A diferencia de sus hermanas, que eran mucho más vivaces, la señorita Anne Royle sólo tenía un talento, y no uno que la recomendara.

Era capaz de hacerse invisible.

Ah, no de la manera de los cuentos de hadas, donde el cuerpo se puede difuminar en la brisa.

Anne simplemente tenía la capacidad de atravesar un salón de baile a rebosar de gente y pasar totalmente desapercibida.

Se consideraba nada más que un espectro en la sociedad de Londres, y con mucha razón. Al fin y al cabo nadie buscaba jamás su compañía, ni trataba de captar su atención. Podía estar frente a un gran lord o una gran lady o incluso delante de un lacayo llevando una bandeja, y lo más probable era que esa persona no se fijara en ella.

A veces era como si sencillamente no existiera.

Normalmente ella consideraba su famoso «talento» la más negra de las maldiciones.

Aunque no siempre.

Sólo hacía un año que ella y sus hermanas, Mary y Elizabeth, se habían despojado de sus vestidos de pequín negro de luto y dejado su pequeño pueblo de Cornualles por la satinada elegancia de los salones londinenses.

En su celo por casarlas bien a las tres, su patrocinadora, lady Upperton, siempre a rebosar de vitalidad, les ordenaba asistir a una serie interminable de desconcertantes bailes, fiestas y veladas musicales.

Anne no era ninguna tonta. Al instante comprendió los beneficios de pasar desapercibida por debajo de las narices altivamente levantadas de los miembros de la alta sociedad.

Eso la libraba de gran parte del minucioso examen y los susurros que soportaban sus hermanas debido a las escandalosas sospechas que giraban en torno al linaje real de las trillizas Royle.

Y esa noche no sería diferente.

Mientras con su hermana Elizabeth se vestían y acicalaban, preparándose para la fiesta más grandiosa de la sociedad en la historia reciente, Anne rezaba pidiendo invisibilidad.

Porque dentro de cuatro horas, de eso dependería el curso de su vida y del de sus hermanas.

Casa MacLaren, Cockspur Street
Tres horas después

—Vamos, Anne, qué exagerada eres —rió Elizabeth agitando su abanico bordeado de encajes ahuyentando la afirmación como si fuera un insecto alado empeñado en picarla.

—Te digo que puedo pasar por entre esta multitud e incluso oír la más privada de las conversaciones y nadie se fijará en mí. Nadie.

Elizabeth arqueó una ceja en gesto dudoso.

—¿Ahora? ¿Y nadie te verá?

—Nadie.

—Puá puá. Aunque tu sigilo es francamente milagroso, de ninguna manera pasas desapercibida.

Anne exhaló un largo suspiro. ¿Para qué se tomaba la molestia de intentar explicárselo a Elizabeth? Esa beldad de pelo rojo como fuego jamás vería la verdad de eso. ¿Cómo podría?

La realidad de su don consistía en que era bastante sosa, al menos comparada con sus hermanas. Porque, ¿qué otra cosa explicaría esa capacidad tan antinatural?

Por su físico debería sobresalir entre las damas menuditas de la aristocracia. Después de todo era tan alta como la mayoría de los hombres. Pero no había sido bendecida con un exquisito pelo negro azabache como la mayor de las trillizas, Mary, ni con los relucientes rizos cobrizos de su hermana Elizabeth, que entró en este mundo varios minutos después que ella.

No, el pelo que coronaba su cabeza en una mata de tirabuzones era del color de la paja del lino, tan claro que prácticamente no tenía color.

Incluso sus rasgos eran delicados, ordinarios, y su piel tan blanca como un colmillo de marfil pulido.

A veces pensaba que si se apoyaba en una pared con un vestido blanco, como el que se había puesto esa noche, nadie la vería. Su coloración la haría casi imposible de distinguir del yeso.

Mmm, en realidad podría poner a prueba esa teoría. Con la proeza que intentaría hacer cuando el minutero hubiera completado sólo dos vueltas, un nuevo truco podría ser su gracia salvadora en el caso de que se hiciera necesaria una escapada rápida.

La verdad, podría ser prudente ejercitar sus técnicas de sigilo en ese mismo momento, antes que... bueno, antes de que la llamaran a actuar. Sí, eso era exactamente lo que haría.

—Elizabeth, te juro que en este mismo momento podría deslizarme por este salón quitando copas llenas de cordial de las manos de invitados desprevenidos y hacerlos preguntarse un momento después qué les había ocurrido.

—No, no puedes. Sólo quieres tomarme el pelo. Te conozco, Anne. Tienes que comprender de una vez por todas que ya no soy tu crédula hermanita bebé de ojos agrandados.

Diciendo eso Elizabeth se cubrió la boca para ocultar su risa.

—Todavía dudas de mí —dijo Anne—. ¿Cuándo vas a aprender, querida hermana? —Le cogió la mano enguantada, le golpeó la palma con su abanico y le cerró los dedos sobre él—. Necesito tener libres las dos manos. Ahora observa, mi incrédula señorita, y te quedarás absolutamente sorprendida.

Laird* Allan, el conde de MacLaren recientemente nombrado, abrió las puertas cristaleras, plantó una palma en el redondo trasero de su amiga y la impulsó firmemente a entrar en el oscuro corredor. En el vestíbulo de atrás brillaba una sola vela, cuya luz servía para orientar al personal adicional contratado especialmente para esa fiesta, pero la penumbra le venía muy bien a él.

—¿Cuándo podré verte otra vez, lady... esto, mi buena lady?

—Cielos, MacLaren, ni siquiera sabes mi nombre, ¿verdad?

La dama se arregló las mangas con volantes de encaje sobre los tersos hombros, luego ahuecó las manos en sus sonrosados pechos y sin la menor vergüenza se los acomodó dentro del corpiño. Entonces lo miró.

Él arqueó las cejas y la obsequió con una sosa sonrisa, a la cual ella al instante respondió con un exagerado mohín.

Laird suspiró, de un modo igualmente falso.

—Entiende, por favor, mi querida lady, que mi olvido de tu

* *Laird* es *lord* en escocés. (*N. de la T.*)

nombre no tiene nada que ver con lo memorable que eres. Simplemente estoy tan borracho que no logro encontrarlo en mi neblinosa memoria, aunque no me cabe duda de que tu nombre es tan bello como tú. Me perdonas, ¿verdad?

Ella se echó a reír.

—Vamos, vamos, no te preocupes, mi compañero de juegos. —Le pellizcó afectuosamente la mejilla y sonrió—. Dicha sea la verdad, no me ofende en lo más mínimo. En realidad, cariño, me alivia bastante. Si no recuerdas mi nombre es menos probable que mi marido se entere de nuestra... íntima excursioncita por tu jardín durante esta fiesta, ¿eh?

—¿Estás casada?

Condenación, con esa ya eran dos esa noche. ¿Dónde están todas las señoritas sin compromiso? ¿Siguen evitándome como a la viruela? Me he reformado. O al menos lo estoy intentando. Casada. Maldita sea.

Alargó la mano y distraídamente le sacó una ramita de hiedra del desmoronado peinado.

—Ah, ¿no lo sabías? —dijo ella, y una risita salió junto con su aliento—. No te preocupes. Tiene una lastimosa puntería. Y es tremendamente viejo, mientras que tú..., bueno, tú, mi muy viril conde, no lo eres. Además, aún no me has enseñado el jardín de la luna; todas las damas no han hablado de otra cosa esta noche.

Dudoso, Laird arqueó una sola ceja.

—¿Han estado hablando del... jardín de la luna?

—Ah, sí. No hace más de una hora, creo. Me dijeron que esa determinada parte de tu jardín es muy embriagadora, sobre todo a la luz de la luna llena. ¿Es cierto eso, milord?

Él levantó la ramita de hiedra ante ella y la hizo girar entre los dedos, moviendo la hoja con nervaduras blancas.

—Viste el jardín, señora.

—Pero no todo. —Le puso un dedo en el pecho y lo bajó

seductoramente deteniéndolo justo encima de la cinturilla de las calzas—. Uy, y cuánto me gustaría verlo todo. —Su mirada se sumió en ese acontecimiento, le pareció a él, pero su mente obnubilada no captó su sentido apenas velado—. ¿Tal vez mañana por la noche me lo enseñas, mmm?

Laird se aclaró la garganta.

—Lo siento, pero debo disculparme, señora. De verdad debo reunirme con mis invitados.

Ella bajó más la mano y descaradamente le deslizó los dedos por el interior del muslo, se apretó a él y le depositó un mojado beso en la boca. Traviesamente le movió uno de los botones de la bragueta.

—¿Estás seguro, milord?

Laird se apresuró a apartarse, no fuera que los dedos de ella hincharan las cosas.

—Eso me temo, querida mía. Debo irme.

—¿De veras? —Le acercó los labios a la oreja y sus excitantes palabras salieron junto con el aliento caliente—. ¿O podría ser que ya no tienes más tiempo para mí, MacLaren? ¿Es eso? Ocurre que sé que no soy la primera a la que has llevado por el sendero del jardín esta noche —le mordisqueó el lóbulo—, y me parece que bien podría no ser la última tampoco.

Laird hizo un mal gesto. Poniéndole las manos en los hombros, la mantuvo firme al tiempo que él retrocedía un paso.

—Bueno, si así son las cosas —dijo ella.

Le dirigió una dura mirada, giró sobre sus tacones turcos rojos y echó a andar por el largo corredor hacia la brillante luz que salía del bullicioso salón.

Casada, pensó Laird, moviendo la cabeza asqueado. Se había esforzado al máximo en dejar atrás su libertinaje, por el bien de la familia. Para demostrarse que era digno, por fin, del apellido MacLaren, y de «ella».

Ya hacía más de un año que su comportamiento era respetable, como se esperaría de un conde que acaba de acceder al título. Sus modales habían sido impecables y su conducta nada menos que caballerosa, es decir, claro, hasta esa noche.

Una noche de vuelta en la sociedad. Sólo bastó eso. Una noche y ya estaba volviendo a caer en su forma de ser inescrupulosa. Agitó la cabeza. Maldición.

Pero al menos la suerte estaba de su lado. Después de todo, lady Buenjuego, o cual fuera su apellido, le había puesto muy fácil la marcha atrás.

Exhalando un suspiro, cogió la vela y la levantó hasta el espejo que colgaba sobre la mesa adosada a la pared, para iluminarse la cara.

Vaya, mírame, un maldito desastre arrugado.

De pronto, algo en su parpadeante imagen lo pellizcó y lo obligó a acercarse más. Sus ojos azul cobalto se veían fríos y negros a la tenue luz, y al instante entraron de un salto en su mente amedrentadores recuerdos de su difunto padre. Cerró los ojos, hizo una respiración profunda y se sacudió, para sacarse de la mente la imagen y los recuerdos que lo perseguían.

Cuando abrió los ojos, se pasó los dedos por el pelo negro ondulado, alisándoselo y peinándoselo lo mejor que pudo. Se giró, dejó la palmatoria en la mesita de cerezo y comenzó a arreglarse el nudo de la corbata ya arrugada.

—Tienes toda una maldita casa, MacLaren —dijo una voz masculina desde el corredor.

Giró la cabeza y entrecerró los ojos. Recortada a la luz proveniente de la puerta del salón, vio la conocida silueta de un caballero larguirucho.

—Y sin embargo esta noche prefieres el jardín —continuó el hombre.

Laird se giró del todo, aunque con las piernas inestables, a mirar a su viejo amigo.

—Apsley. Que me cuelguen, mierda. ¿Dónde has estado toda

la noche? Pensé que habías decidido no venir y preferido darte un revolcón con esa descarada bailarina de ópera tuya.

—Ah, pues no, nada de eso. Planté a esa zorrita el martes.

Diciendo eso Apsley se acercó a mirarse admirativamente en el espejo y se metió detrás de la oreja un rizo rubio extraviado.

Laird agitó la cabeza.

—Sin duda por otro trocito de muselina el doble de... dotada.

—Bueno, sí, si has de saberlo.

Arthur Fallon, vizconde Apsley, se revolvió los rizos rubios, todo engreído se levantó las puntas del cuello de la camisa y se giró a mirarlo.

—Pero tendrías que haber sabido que vendría. No lo he olvidado. Si no hubiera..., bueno, maldita sea, hoy estaríamos brindando por el veinticinco cumpleaños de tu hermanito, no por su recuerdo.

Laird bajó la vista al anillo de oro de sello, lo único que le había entregado hace un año el lloroso ordenanza de Graham, después de la batalla que le costó la vida.

—Lo echo de menos.

—Lo sé. Pero tienes que saber, creyera lo que creyera tu padre, que no fue culpa tuya. Tienes que entender eso.

—Pero lo fue. Si hubiera hecho lo que deseaba mi padre, tal vez Graham no habría muerto.

Echó atrás la cabeza, tratando de contener las lágrimas que le hacían escocer los ojos.

Apsley le puso una mano en el hombro y se lo apretó.

—Basta de lamentos, basta de cavilar sobre lo que pudo o no pudo haber sido. —Como un perro cazador que acaba de captar un rastro, olisqueó el aire—. Con que esta noche has elegido coñac, ¿eh? ¿Es bueno? Espero que lo sea porque me parece que esta noche me llevas una ligera ventaja. No podemos permitir eso, ¿a que no?

—Más que ventaja. Mi caballo va muy adelantado, buen hombre. —Cuando volvió a mirar sintió los ojos llenos de lágrimas. Se pasó el dorso de la mano por la cara, para conservar su dignidad, pero el movimiento de la cabeza, muy leve, lo hizo tambalearse unos pasos hacia la izquierda.

Apsley le cogió el brazo y lo afirmó.

—Ya veo. Pero no beberás solo por el recuerdo de Graham ni un instante más. Dime dónde está el decantador y la copa de cristal más honda y te juro que mi caballo adelantará al tuyo en menos de una hora.

Laird sonrió, sabiendo que Apsley lo decía muy en serio y era muy capaz de hacerlo. Antes que pudiera pensar en complacerlo, notó que ya no estaban solos.

—Laird, hijo, ¿eres tú el que está ahí, no? —llegaron las resonantes palabras de la condesa MacLaren del otro extremo del largo corredor—. ¿Y ha sido la voz de Apsley la que he oído también? ¿Está contigo?

Laird hizo una mueca.

Ay, buen Dios.

—Sí, Apsley está aquí, madre. —Avanzó un paso, afirmando la mano en el brazo de su amigo y se le acercó a decirle en voz baja al oído—: Perdona, pero debo advertirte. Mi madre ha estado preguntando por ti desde hace horas.

—¿Sí? —susurró Apsley—. Ah, mierda, ¿para qué?

La condesa dio unas palmadas, y los dos volvieron a mirar hacia ella.

—Tenemos invitados que acaban de llegar —siseó la condesa—. Vuelve inmediatamente, por favor, a saludarlos. Tú eres el cabeza de familia ahora. Esperan verte.

Dicho eso se dio media vuelta y entró a toda prisa en el salón.

Apsley arqueó las cejas hasta que casi le rozaron el rizo dorado que le caía sobre la frente.

—Está algo nerviosa, ¿no? Así pues, dime, Mac, ¿qué necesita de mí la condesa esta vez?

Laird miró hacia la luz y se apresuró en dar su advertencia, porque no le cabía duda de que la condesa no tardaría en reaparecer en el corredor.

—La respuesta es muy divertida.

—Entonces dímela. No me iría mal hacer alguna locura en estos momentos.

—Aunque te parezca mentira, se le ha metido en la cabeza que tienes bastante influencia como para avanzar mi camino hacia el escaño de la familia en la Cámara de los Lores.

Apsley se rió.

—¿En qué te basas?

—No, no, espera, hay más. —Levantó una mano para impedir que el otro lo interrumpiera otra vez—. Incluso cree que posees la influencia para inducirme a contraer matrimonio antes que termine la temporada. Ahora bien, acceder a abandonar mi vida disoluta es una cosa, pero ¿la trampa del cura? ¡Ja! Después de lo que me ocurrió con Constance no volveré a considerar jamás la posibilidad de una locura como esa.

—¿Matrimonio has dicho?

Laird emitió una risita forzada.

—¿No lo encuentras divertido? Como si alguien pudiera convencerme de volver a estirar las piernas para que me pongan grilletes.

Arqueó las cejas y esperó a que Apsley hiciera lo mismo.

Pero este no las arqueó.

Simplemente lo miró como si... como si..., no, seguro que no estaba de acuerdo con su madre.

Pero Apsley estaba sonriendo.

Condenación, al parecer sí estaba de acuerdo.

—¿Y te burlas de la fe de tu madre tan correctamente puesta

en mí? Te aseguro que sé ser muy convincente cuando pongo pasión en algo.

—Eso es cierto, pero ocurre que sé que no estás tan apasionado por esta causa, Apsley, no lo estás en lo más mínimo.

Apsley arqueó la ceja izquierda.

—¿Quieres apostar?

—Hazte una buena obra: ahórrate tus guineas y el trayecto al White para anotar la apuesta. Porque esta es una apuesta que sin duda alguna ganaré yo.

Apsley arqueó las dos cejas.

—¿Sí? —Se cruzó de brazos—. ¿Tan seguro estás?

—No tengo ni la más mínima duda. Porque, señor, aunque sé que nada te gusta más que un desafío con tantas desventajas, piensa en lo que significaría que ganaras. Si me casara sin duda subiría mi cuota de respetabilidad, pero llegarían a su fin mis días de libertad. Te pregunto, ¿quién otro podría igualar tu energía en ir de parranda, jugar o elevar una copa en honor de Baco?

Apsley se rascó la sien, en fingida contemplación.

—De parranda, ¿eh? Pensé que habías jurado volverte respetable después de tu fracaso con lady Henceforth.

—Permíteme que lo corrija. De parranda en círculos más íntimos. En sociedad continuaré siendo el caballero de buenos modales y me redimiré, por el bien del apellido MacLaren.

Apsley arqueó las cejas.

—¿Así que eso es lo que estabas haciendo en el jardín con la baronesa, redimirte? Está casada, ¿sabes?

—Sí, pero me han dicho que él tiene mala puntería —dijo, Laird, sonriendo por su grosera broma.

Simplemente esta vez había tenido un desafortunado comienzo en Londres, se dijo, eso era todo. Mañana lo haría mejor. Y con el tiempo finalmente demostraría que era digno de su título y de la buena viuda lady Henceforth. Se alisó las solapas, enderezó la espalda y esbozó una confiada sonrisa.

El sonido de tacones en el suelo de mármol puso fin a cualquier otro comentario sobre el tema.

—Ahí viene tu madre otra vez.

Laird suspiró resignado.

—Perdona, Apsley, me parece que no hay escapatoria para ti.

Apsley no pudo evitar un estremecimiento cuando llegaron a sus oídos esas irrefutables palabras, pero curvó los labios en una sonrisa y se giró en dirección al salón.

—Lady MacLaren, ¿cómo se encuentra esta noche? —saludó. Volvió a mirar a Laird y susurró—: Me debes una, ¿te das cuenta?

—Sí, y de verdad te agradezco el sacrificio.

Entonces, riendo, le dio un codazo y lo empujó sin piedad hacia delante, hacia las garras de la condesa.

Laird hizo una honda inspiración y expulsó el aire por entre los dientes, apoyando la espalda en la pared, muy cerca de la puerta. El salón estaba más atiborrado de invitados que una hora antes.

Damas ataviadas con vaporosos vestidos de seda estaban codo con codo con caballeros de chaquetas oscuras. Por entre los grupos sólo discurrían estrechos senderos de espacio desocupado, senderos que sólo existían para permitir a los lacayos su servicio de libaciones.

Por la puerta abierta miró hacia el reloj del vestíbulo y exhaló un suspiro. Condenación, todavía no eran las once y media; era temprano, según los criterios de la sociedad. De todos modos, hacía rato que se habría marchado si la fiesta no se celebrara en su maldita casa de ciudad.

No debería haber permitido que su madre, que acababa de quitarse el luto por su padre y su hermano, organizara esa fiesta tan grandiosa en Cockspur Street.

Se había vuelto loco, estaba claro.

¿Por qué no la convenció de esperar hasta el otoño y entonces ofrecer una fiesta en la casa de campo MacLaren Hall? Pero sabía que ese era un deseo inútil, porque ella era la condesa MacLaren y se había ganado la fama de no hacer nada a medias.

Su fiesta, que marcaba el regreso de los MacLaren a la sociedad, después de su periodo de luto, había sido la comidilla entre los aristócratas durante más de ocho semanas. Vamos, los diarios de Londres habían dedicado casi tanto espacio a la inminente fiesta como a las noticias sobre los tejemanejes del Parlamento. Lamentablemente, al parecer él era el único que había temido ese tan pregonado acontecimiento.

Frustrado, se golpeó la cabeza en la pared. No tenía nada en común con esos palurdos de la sociedad. Nada en absoluto.

Deseaba estar en el Covent Garden o en la sala de atrás del escenario con todas las guapas bailarinas. No ahí, alternando con esas aristócratas de faldas blancas y sus almidonados mayores.

Pero era el nuevo conde, y le debía a su familia sostener el honor del título.

También sabía que era el mayor deseo de su madre que esa noche su único hijo superviviente conociera a una mujer y al final de la temporada la acompañara por el pasillo de la iglesia Saint George. Por lo tanto, por ella, intentaba ser encantador, hacer a un lado su tristeza.

De todos modos, las únicas mujeres que le interesaron, aunque fuera sólo un poco, fueron las dos que se ofrecieron entusiastas a acompañarlo al jardín para ahogar ahí su pena con tanta eficacia como una copa de buen coñac.

Pero nada duraba mucho esa noche. Ni los licores ni los placeres carnales. Pronto había vuelto aumentada al doble su sensación de vacío, de pérdida, de culpa.

Suspirando paseó la mirada por el salón, buscando a alguna chica guapa que le elevara el ánimo y mejorara la disposición durante esa interminable fiesta, y de pronto su mirada recayó sobre un lacayo que estaba ocupadísimo ofreciendo copas de clarete a los invitados.

Ah, ahí estaba su salvación.

Estaba a punto de enderezarse y separarse de la pared cuando de repente, a una distancia inferior al ancho de sus hombros, una mujer toda de color claro pareció desprenderse del yeso. Al instante, un extraño estremecimiento pareció recorrerle toda la piel.

La mujer era una visión sorprendente, toda envuelta en blanco, y no logró apartar los ojos de ella mientras se deslizaba hacia el centro del salón, al parecer desapercibida para todos a excepción de él.

Puñetas. ¿Podría ser que se lo estuviera imaginando?

Agitó la cabeza, para asegurarse de que ella estaba ahí de verdad, luego abrió bien los ojos y fijó la mirada totalmente en ella.

Su pelo era tan claro como la luz del sol de una mañana de invierno y su piel tan nívea y tersa como porcelana fina: un ángel encarnado.

O al menos esa había sido su primera impresión de ella, aunque estaba dispuesto a atribuirla a haber bebido con demasiada generosidad. Cierto, tenía que reconocer que estaba derrotado por el efecto adormecedor de los licores tanto en su mente como en su cuerpo.

Habría echado a andar hacia su dormitorio en ese mismo instante, pero en lugar de eso dio un inseguro paso hacia ella, luego otro.

Y entonces presenció algo de lo más asombroso.

El ángel llegó hasta un trío de caballeros entretenidos en una animada conversación y, sin que ninguno de ellos la viera ni se fijara en lo que hacía, sacó la copa de clarete de la mano del más bajo y luego se giró y la depositó en la bandeja de un lacayo que iba pasando.

Qué raro que alguien hiciera eso.

Pero, más asombrado aún, vio que ella repetía el acto. Esta vez le quitó la copa a una risueña debutante, que estaba tan absorta en su conversación que ni notó que le desaparecía de la mano.

¿Qué diablos pretendía la chica? No le encontraba ni un maldito sentido a lo que estaba haciendo.

Justo entonces pasó junto a él un lacayo y se detuvo el tiempo suficiente para que él cogiera una copa llena de la bandeja de plata.

Una idea divertida le pasó por la mente, curvándole los labios en una traviesa sonrisa.

A toda prisa siguió al ángel, que iba avanzando lentamente por entre la multitud. La observó atentamente mientras ella miraba de aquí allá, buscando a su próxima víctima.

Estupendo, venía en dirección a él. Jugaría a su juego. Acércate otro poco. Eso, estupendo.

Se situó en la periferia de un grupo que estaba en animada conversación y, con la esperanza de que su aparente distracción lo marcara como a su próxima víctima, comenzó a reírse a carcajadas como si acabaran de contar un fabuloso chiste.

Supo el momento exacto en que la atención de ella se clavó en él. Sintió pasar un estremecimiento de emoción por todo el cuerpo cuando se le fue acercando, y sintió la fuerza del aire caliente cuando ella comenzó a rodear el grupo, calculando su momento.

El corazón le latía fuerte en el pecho, pero no se atrevió a mirarla. Simplemente la observaba por el rabillo del ojo.

Ella se fue acercando, acercando.

Y entonces ocurrió.

Sus esbeltos dedos enguantados cogieron la copa por el borde y comenzaron a levantarla.

Él movió rápido la mano libre, agitando el aire entre ellos, y antes que ella pudiera darse cuenta de lo que ocurría, le cogió la muñeca, firmemente.

Ella ahogó una exclamación de sorpresa y levantó y giró la cabeza para mirarlo.

Él soltó en un soplido el aire retenido en los pulmones cuando se encontraron sus miradas. Su ceja izquierda le subió hacia la línea del pelo.

Que me cuelguen.

Aunque su pelo, su piel e incluso el vestido casi carecían de color, sus labios y mejillas eran del mismo color de las flores de cerezo en primavera.

Pero fueron sus ojos los que lo dejaron clavado. Dos explosiones de oro radiante, bordeado por verde de verano, lo estaban mirando.

Durante todo un minuto, ni él ni ella se movieron ni dijeron una sola palabra. O tal vez sólo fue un segundo; no lo sabía. Al parecer había dejado de existir el tiempo en ese pequeño espacio que ocupaban los dos.

Hasta que, de repente, ella arqueó pícaramente una sola ceja dorada, casi como si quisiera remedarlo. En un solo y rápido movimiento, liberó su muñeca, se giró y pasó casi de cabeza por en medio de un grupo de señoras mayores que venían conversando.

Y en ese instante desapareció.

Se le curvaron las comisuras de los resecos labios mirando hacia el lugar donde había desaparecido. Distraídamente levantó la mano para beber de su copa. Y sólo entonces cayó en la cuenta de que no la tenía en la mano.

La picaruela de ojos dorados se las había arreglado para quitársela después de todo. Se rió sobre el puño cerrado, hasta que comprendió su grave error.

Condenación. Esa chica tenía fuego dentro. Esa noche podría

ser la única mujer que le había inspirado un cierto interés, y ni siquiera se le ocurrió preguntarle su nombre.

Eran casi las dos de la mañana y la fiesta continuaba muy animada, no se veían indicios de que fuera a terminar.

Pero en realidad eso no importaba, concluyó Anne. Dentro de una hora estaría en casa, en la cama, o encadenada en prisión. Le latieron fuertemente las venas de las sienes ante la idea.

Elizabeth, que estaba en su puesto de centinela junto al frío hogar, se giró hacia ella.

—Anne, Lilywhite ha dado la señal. El vestíbulo está despejado. —La miró fijamente—. Ve. Ve ahora.

A Anne se le erizó el finísimo vello de la nuca.

—Esto es una locura, Elizabeth. No puedo, sencillamente no puedo.

—Sí que puedes. Sabes que debes. No hay otra manera. Esta es nuestra única oportunidad.

—Pero todavía hay por lo menos sesenta invitados en la casa. ¿Y si me ven? ¿Y si me pillan, otra vez?

—Vamos, Anne, deja de inquietarte. Ese caballero no tiene ninguna importancia, ninguna en absoluto. Señor, estuviste jugando, y ¿quién de nosotras ha hecho eso alguna vez en una fiesta?

—No era un juego, Elizabeth. Quería ejercitar mi habilidad, hacer acopio de valor. Pero resulta que él me vio, cuando nadie más me había visto. —Miró preocupada hacia el vestíbulo que llevaba a la escalera—. ¿No lo entiendes? No estoy preparada para hacer esto. Él me vio.

—¿Qué importa que se haya fijado en ti? Estaba borracho como una cuba. No creo que en ese estado pueda recordarte. —Le cogió la muñeca—. Además, los Viejos Libertinos están alertas por si acaso algo fuera mal. Mira ahí. —Movió la cabeza hacia un anciano caballero en forma de manzana que estaba justo ante las puertas del salón rascándose la ancha tripa—. ¿Lo ves? Lilywhite está ahí.

Anne paseó la mirada por el gentío.

—¿Está el conde en el salón? Porque si no está, podría haberse retirado a su dormitorio a acostarse. ¿Alguien ha tomado en cuenta eso?

—¿Cómo podría saberlo, dime? Hace más de un año que no se presenta en sociedad, así que no sabría identificarlo tampoco. Pero Lilywhite ha estado en su puesto cerca de la escalera casi una hora. Nadie ha pasado junto a él.

A Anne le tembló todo el cuerpo.

—No puedo ir, Elizabeth.

—Sí, puedes. —Con un codazo la hizo avanzar un paso—. Nadie más puede hacer esto, hermana. Y tú lo sabes.

Anne la miró, muda.

Sí que lo sabía.

Su hermana Mary, gorda en su sexto mes de embarazo, estaba feliz en el campo con su adorador marido, suspendidas sus actividades sociales.

Y por loca que fuera la idea, sabía que Elizabeth no podría avanzar tres pasos por esa multitud sin atraerse la admiración de uno o dos caballeros.

Esa no era la realidad para ella. Hasta ese mismo instante siempre la había fastidiado que nadie le diera ninguna importancia ni se molestara en saber su nombre.

Pero claro, ¿por qué alguien le iba a prestar atención? Ella era simplemente Anne, la trilliza Royle del medio. La que se preocupaba de sus modales; la que acataba las reglas y jamás hacía nada a propósito que pudiera atraer una atención indebida hacia ella o hacia su familia.

Bueno, al menos hasta esa noche.

Nerviosa miró hacia la puerta abierta, a Lilywhite. Él la miró y alzó el mentón, indicándole el camino.

—Ve, Anne.

Asintiendo y, tragando saliva, nerviosa, echó a caminar.

Hasta ese momento, más que cualquier otra cosa, había deseado que se fijaran en ella, que la vieran. Que la apreciaran, valoraran.

Pero esa determinada noche, mientras caminaba sigilosa por ese elegante salón, lleno con la banal flor y nata de la sociedad londinense, no levantó sus ojos dorados ni hizo el menor intento de provocar una presentación a nadie.

Tenía que fiarse de su talento para pasar inadvertida. Invisible.

Porque su futuro dependía de eso.

Con las faldas recogidas para que no rozaran el suelo, se dirigió a la escalera principal que subía al corredor donde estaba el dormitorio del conde.

Con el corazón golpeándole las costillas, subió los peldaños hasta la primera planta.

Cuando llegó a una puerta, pegó la oreja, con el oído atento. Sólo oyó silencio. Entonces palpó la puerta hasta encontrar el relieve del blasón y se agachó a mirar por el estrecho ojo de la cerradura. No había ninguna vela encendida dentro. Nada de luz. Sólo oscuridad.

Se enderezó. Buen Dios, de repente sentía anormalmente ceñido el corsé. Le resultaba difícil el simple acto de llenar de aire los pulmones; apenas podía respirar.

Esto es una locura. ¡Locura!

Vamos, si escasamente tenía aliento. Pero en su corazón sabía que no había vuelta atrás.

Con sumo cuidado colocó las yemas de los dedos sobre la manilla, la bajó, entró en el oscuro dormitorio y cerró suavemente la puerta.

Cielos, estaba ahí, en el dormitorio del conde.

Ya todo dependía de ella. Tenía que encontrar las cartas. Debía.

Los Viejos Libertinos habían dicho que esa era la única, única oportunidad. Si tardaban más, el nuevo conde podría encontrarlas y entregárselas al príncipe regente. Tenía que arriesgarse.

Entrecerró los ojos y esperó a que se le adaptaran a la oscuridad, pero no entraba ni un débil rayito de luna. La oscuridad era absoluta negrura, como si llevara los ojos vendados con terciopelo negro.

Si consiguiera localizar la ventana y abrir las cortinas para dejar entrar algo de luz de la luna. Aunque salía temprano, era llena, y le había parecido que estaba anormalmente cerca. Su brillo azulado podría iluminarla lo bastante para hacer su búsqueda.

Con el corazón zumbándole en los oídos, avanzó a tientas, con los brazos extendidos delante y los dedos abiertos, palpando a ciegas el perímetro de la habitación, hasta que encontró la ventana.

Avanzó hasta el centro de la ventana, cogió los extremos de las cortinas de suave satén y con un solo movimiento las abrió, y entró en la habitación la tenue luz azulada.

Al instante sintió un frufrú detrás de ella. Se giró y vio una enorme sombra avanzando hacia ella. Casi se le desorbitaron los ojos de miedo.

Dios la amparara.

No estaba sola.

Capítulo 2

Cómo comprometerse en matrimonio en dos minutos o menos

*B*uen Dios, ¿sería posible?

Laird se bajó de la enorme cama de roble con dosel y entrecerró los adormilados ojos, sin poder creer lo que veía.

Pero era ella.

Su ángel etéreo estaba ahí, de pie a la luz de la luna, en el dormitorio de su padre.

No. Se apretó el puente de la nariz entre el pulgar y el índice, hundiendo las yemas en las húmedas comisuras de los ojos. No, ya no era el dormitorio de su padre, sino el suyo; la casa de ciudad de Cockspur Street ahora era de él.

Ella se giró, dando la espalda a la ventana iluminada, y miró hacia la oscuridad. Su cuerpo formaba una oscura silueta enmarcada por luz color mercurio. La oscuridad hacía invisibles su delicada cara y sus pasmosos ojos dorados.

—¿Quién anda ahí? —preguntó.

Su voz sonó débil y parecía estar temblando. Salió del escondite iluminado, formado por la ventana salediza, como si quisiera penetrar mejor la oscuridad con la mirada.

Él comprendió que no lo veía, pero sabía que estaba ahí.

Al fin y al cabo había ido a verlo a él.

Por qué, no lo sabía, y no le importaba lo más mínimo.

Tenía la cabeza hecha un torbellino a causa del coñac que su sensación de vacío lo había hecho beber. Casi no podía caminar, y escasamente lograba mantenerse de pie avanzando lentamente hacia ella.

Ella percibió que se iba acercando y, nerviosa, dio un paso atrás, como para escapar de él.

—¿Quién anda ahí, por favor?

Sonó un fuerte crujido cuando el tacón de ella pisó el zócalo de debajo de la ventana, y un golpe indicó que su espalda había chocado con el vidrio ondulado de esta. No podía continuar retrocediendo.

—Sólo soy yo, ángel mío —dijo él, entonces—, no hay ninguna necesidad de huir.

Avanzando otro paso salió a la luz y quedó ante ella.

Ella no levantó la vista para mirarlo sino que bajó la cabeza y se miró disimuladamente los zapatos. El pecho le subía y le bajaba rápido y él comprendió que estaba nerviosa; notó su respiración rápida y superficial al sentir su aliento en la parte del pecho que le quedó desnudo al abrírsele la camisa cuando intentaba, sin éxito, dormir la borrachera para que se le disiparan los potentes efectos del licor.

—No te preocupes —le dijo, deslizándole suavemente la mano por el brazo.

Ella emitió un sonido ahogado y finalmente levantó la cabeza. Al girar levemente la cabeza para mirarlo, la tenue luz de la luna le acarició la mejilla.

—No puedo... no puedo...

Laird le deslizó la mano por la mejilla, luego la ahuecó en el mentón y se lo levantó hasta dejarle la boca cerca de la suya.

—Sí que puedes. Tuviste la osadía para entrar en mi dormitorio.

—No, no lo entiende —protestó ella, débilmente—. No puedo...

Él le cubrió la boca con la suya, acallando la débil protesta. Tenía los labios suaves, tiernos, cálidos, y pasado un momento notó que los movía bajo los de él.

Gimiendo le rodeó la estrecha cintura con el brazo derecho y la acercó más, para sentir su cuerpo apretado al suyo.

Ella le plantó firmemente la mano en el pecho, empujándolo, pero pasado un momento sintió su mano deslizándose por su piel; y entonces le cogió la corbata a medio atar que encontró ahí; apretándola en la mano, le dio un fuerte tirón.

A él le llevó medio tic del minutero comprender que lo que intentaba ella era afirmarse, para no caerse.

Confundido, la apartó, dejándola a la distancia de una mano. Sólo alcanzó a ver brevemente sus ojos asustados mirándolo, porque de pronto a ella se le doblaron las rodillas.

Con la mano libre ella comenzó a tironease las ballenas del corsé que llevaba bajo el vestido.

—No... no puedo respirar —dijo.

Y entonces se le aflojó la mano con que le tenía cogida la corbata, se le cerraron los ojos y se desplomó en sus brazos.

Anne cerró fuertemente los ojos y los mantuvo así, aunque todos sus instintos le gritaban que los abriera.

Esto no puede estar ocurriendo.

Pero estaba.

Sintió que la llevaban en brazos y la depositaban encima de algo blando, una alfombra, no, no, una cama.

Sí. La cama de él.

Pero entonces sintió algo más.

No abras los ojos. Piensa, sólo piensa, ¡piensa!

Buen Dios, ¿qué estaba haciendo él?

Entonces lo comprendió. Unas manos grandes, cálidas, pasaron por encima de sus pechos con la mayor familiaridad. Le tironeó la cinta que le cerraba el escote del vestido, soltó el lazo y el corpiño se abrió.

Se le revolvió el estómago. Un momento más, y devolvería todo el vino de que había disfrutado durante esas horas, ese vino que tenía que ser muy caro además.

Tenía que zafarse de él, y salir del dormitorio. Pero ¿cómo diablos podría hacerlo? Elizabeth y Lilywhite no tenían idea de que necesitaba que la rescataran. Y en ese momento la única ventaja que tenía sobre el hombre que le estaba manoseando el cuerpo era que él seguía creyéndola incapacitada.

Unos brazos fuertes y musculosos la giraron sin ningún miramiento, dejándola boca abajo, y unos dedos comenzaron a moverse por los lazos del corsé, ¡abriéndolo!

No, no iría a...

Abrió los ojos de par en par, justo cuando él la giró y la dejó de espaldas. Entonces lo vio.

Santo cielo. Era el hombre que la sorprendió en el salón sacando las copas de clarete de las manos de los invitados. El caballero muy corpulento de piernas largas.

—¡Buen Dios, es usted! —exclamó—. El caballero...

Claro que en ese momento él estaba montado a horcajadas sobre sus caderas, por lo que de ninguna manera era un caballero. Inclinado sobre ella, le estaba tironeando el vestido. La boca la tenía justo encima de la suya.

Iba a...

¡No, no!

Laird se inclinó sobre ella y movió la cara junto a sus labios, con la esperanza de sentir un soplo de su dulce aliento.

Respira, muchacha, por favor, respira.

Le colocó el pulgar sobre el mentón y presionó, abriéndole más los labios. Respira.

De pronto ella abrió los ojos y lanzó un agudo grito que le perforó los tímpanos, haciéndoselos vibrar y doler.

—¡Condenación!

Tapándose los oídos con las palmas, se echó hacia atrás y retrocedió por la cama hasta llegar a la cabecera.

—¡Deja de gritar, muchacha! Te desmayaste, y sólo intentaba ayudarte a llenar los pulmones.

Ella cerró la boca, poniendo afortunadamente fin al infernal grito. Incorporándose, se puso de rodillas y comenzó a arreglarse enérgicamente el vestido.

—¿Quería ayudarme arrancándome la ropa? —le dijo, mirándolo con los ojos brillantes de furia—. Un caballero no se aprovecha de una mujer inconsciente. Puede que no haya estado mucho tiempo en Londres, pero reconozco una bestia cuando estoy en presencia de una.

—No, muchacha, lo has interpretado mal. No estabas «respirando».

A ella le temblaban las manos.

—Vuélvase, por favor, mientras me arreglo la ropa —farfulló, haciendo girar un dedo ante la nariz de él—. O por lo menos téngame un mínimo de consideración cerrando los ojos, para que yo pueda conservar la poca dignidad de que aún no me ha despojado.

Él cerró los ojos. El diablo me lleve.

Qué fácil le resultaba a ella creer lo peor de él. A nadie le costaba el menor esfuerzo pensar mal de él.

Aunque, dicha fuera la verdad, en el pasado normalmente estaban justificados al pensar mal.

Esta vez no.

Esta vez se había portado..., bueno, caballeroso. Sacó pecho; heroico.

—Escuche, señorita, le solté el corsé para que pudiera respirar, nada más. —Se frotó las doloridas sienes con las yemas de los índices—. ¿Ya ha terminado de arreglarse la ropa?

—Casi.

Sintió moverse las sábanas cuando ella se deslizó hasta el borde de la cama y dos plops cuando sus zapatos golpearon el suelo.

Abrió los ojos. A la luz de la luna la vio retorciendo los brazos como una contorsionista, al tratar de llegar a los lazos del corsé que le colgaban por el centro de la espalda.

—¿Quieres que te ayude, muchacha?

Ella se giró a mirarlo acusadora. Ahí estaba; ese fuego otra vez.

¡Cristo Todopoderoso! De verdad que sólo deseaba ayudarla, después de haberla asustado tanto, pero aun con esa tenue luz veía que ella creía lo contrario.

—No te haré ningún daño, ni te tocaré aparte de ayudarte a cerrar el corsé. —Alargó la mano hacia ella—. Te lo juro.

Al instante ella agrandó los ojos.

—No se me acerque.

Se giró y echó a correr hacia la puerta.

—Vamos, querida mía, yo en tu lugar no abriría esa puerta.

Ella se detuvo y se giró a mirarlo, con el mentón alzado en gesto impertinente.

—¿Por qué no?

—No puedes volver a la reunión en ese estado de semidesnudez. Abajo está toda la alta sociedad de Londres. Te arriesgas a quedar totalmente deshonrada en el instante en que salgas de esta habitación.

Ella se giró a mirar la puerta, acercó la mano a la manilla y la mantuvo varios segundos ahí, sin tocarla. Después se giró hacia él y lo miró con los ojos entrecerrados, como si quisiera evaluar su veracidad.

—Puede que no tenga la mejor de las reputaciones entre las damas, pero puedes fiarte de mi palabra. Hay quienes podrían decir que soy bastante experto tratándose del tema de la deshonra.

Ella estuvo varios segundos mirando de un lado a otro, nerviosa, hasta que al fin, habiendo llegado, obviamente, a una decisión, avanzó un pie, dio un paso, y luego avanzó el otro.

Él bajó las largas piernas por el borde de la cama y le hizo un gesto, llamándola.

—Venga, vamos, no tiene por qué tenerme miedo.

Ella mantuvo el mentón alzado mientras avanzaba recelosa hacia la cama y cuando llegó se giró, quedando de espaldas a él.

—Muy bien, creo que estoy obligada a aceptar su ayuda.

Laird se rió para sus adentros y comenzó a tensarle los lazos del corsé.

—Ah, pues qué gracia —se burló ella—, sus dedos son casi tan ágiles como los de una doncella de señora. —Lo miró por encima del hombro, arqueó una ceja y volvió a girar la cabeza—. No cabe duda de que tiene práctica en atar lazos de corsé.

—Se podría decir.

—Lo he dicho.

Laird sonrió de oreja a oreja. Estaba visiblemente nerviosa y sin embargo sentía la necesidad de combatirlo.

Justo entonces llegó a los lazos de la cintura, los tensó y puso los dedos para sujetarlos.

—¿Qué intentaba hacer aquí en mi dormitorio? Ya me robó la copa. ¿Esperaba encontrar algo más, tal vez?

Ella ahogó una exclamación y lo miró por encima del hombro. Él le sostuvo solemnemente la mirada. Al instante ella intentó echar a correr, pero él cerró el puño en los lazos y les dio un tirón, con lo que se quedó un momento equilibrándose sobre los tacones y luego perdió el equilibrio y cayó sentada sobre él.

Él acababa de rodearle la cintura con las manos para ayudarla a ponerse de pie cuando inesperadamente se abrió la puerta y una brillante luz iluminó el dormitorio.

—Ooh, Dios... mío.

La condesa de MacLaren ya había entrado en el dormitorio, acompañada por dos lacayos, cada uno portando un candelabro de seis brazos y las velas encendidas. A su izquierda estaba Apsley y, bueno, varios otros caballeros y damas a los que él no había tenido el placer de conocer.

—Madre.

—Laird, ¿qué estas...? Ay, Dios de los cielos. Qué vergüenza, qué vergüenza. Me prometiste que habías dejado de lado tus tonterías por el bien de la familia. —Tragó saliva, cobró ánimo y entrecerró los ojos—. Laird, ¿quién, debo preguntar, es esta jovencita que está sentada en tu regazo? ¿Conoces su nombre siquiera?

Apsley avanzó. Una traviesa sonrisa le curvó los labios y pasado un instante dijo:

—Bueno, adelante, hombre. Preséntasela a tu madre.

Laird puso de pie a la señorita, se levantó él y se situó a su lado.

La joven lo miró. Tenía fruncidas sus cejas doradas y sus ojos reflejaban confusión. Y que lo colgaran si no habría jurado que vio a la confundida señorita modular «¿MacLaren?».

—Esto... —logró balbucear, y desvió la mirada hacia su madre.

Apsley exhaló un teatral suspiro.

—Ah, sé que no es así como deseabas que se conocieran, MacLaren, pero ha ocurrido. Así que, por favor, permíteme. —Atravesó la habitación y, después de hacerle un disimulado guiño a Laird, cogió a la joven de la mano, con un suave tirón la puso en marcha y la llevó directamente ante la condesa.

—Apsley... —logró decir Laird, pero ya era demasiado tarde.

—Permítame que le presente —hizo una honda inspiración y miró hacia Laird, sonriendo de oreja a oreja—, a la prometida de su hijo.

Capítulo 3

Cómo una mentira se convierte en verdad

Laird se sintió mareado; le giraba la cabeza como una guinea arrojada sobre la mesa de juego. ¡Maldito seas, Apsley!

El color abandonó la cara de la condesa, junto con todo asomo de expresión, la que fuera.

—Pe-perdona, Apsley. ¿Has dicho la prometida de mi hijo? ¿De Laird?

—Sí. —Una satisfecha sonrisa le ensanchó la boca e hizo un gesto a Laird con la nariz que este tenía toda la intención de romper—. Díselo. Vamos —lo instó.

La condesa movió lentamente la cabeza hacia un lado y el otro, sin lograr decidir que fuera verdad la tonta afirmación de Apsley.

—No, no, no. Esto es una absoluta tontería, estoy segura —dijo al fin, aunque no en tono muy convincente. Levantó sus impertinentes y examinó a la pálida joven que tenía delante. Pasados unos cuantos segundos de contemplación en silencio, añadió—: He de decir que esto es bastante difícil de creer. Sobre todo después de...

Consciente de la muchedumbre congregada en la habitación

y el corredor, se tragó el comentario, pequeña cortesía que Laird agradeció de verdad.

—Esto no puede ser cierto —musitó la condesa, aunque ya no se podía negar que la duda impregnaba sus palabras. Entonces posó la mirada en Laird, y se le curvaron las comisuras de los labios en una sonrisa traviesa—. Pero hijo, has cambiado tanto durante este año... ¿podría ser cierto? ¿Puede serlo? Sé que siempre has sido bueno para los juegos, pero, por favor, Laird, debo saberlo.

Él no pudo sostenerle la mirada a su madre. Condenación. No podía mientras la señorita lo miraba por encima del hombro, pidiéndole ayuda con sus ojos dorados.

Mierda. ¿Qué debía hacer? ¿Mentirle a su madre? ¿Reírse de la inoportuna broma pesada de Apsley y arruinar la reputación de la señorita para siempre?

Diablos, tenía la cabeza tan en blanco como el pizarrón para las apuestas de juego del White el lunes por la mañana.

Pestañeó y abrió la boca, pero al instante volvió a cerrarla. Tenía la mente hecha un lío con la bebida. No le venían las palabras. No había ninguna respuesta correcta.

La formidable condesa lo liberó de su mirada evaluadora y la volvió hacia la temblorosa joven, dando un amenazador paso hacia ella.

—Bueno, entonces, ¿qué dice usted, señorita?

Curiosamente, la señorita se mantuvo firme. Y aunque él no podía saberlo debido a su nada ventajosa posición detrás de ella, a juzgar por la sorprendida expresión de su madre, la señorita debió haber levantado sus impresionantes ojos dorados y la estaba perforando con su mirada.

La condesa soltó sus impertinentes, que quedaron oscilando en su pecho colgados de su cadena. Se le había acabado la paciencia.

—¿Y bien, niña? ¿No tienes lengua?

Laird se apresuró a echar a andar hacia la joven.

Ella no contestó inmediatamente, pero cuando él ya estaba cerca vio que miraba desesperada hacia la creciente muchedumbre congregada en la puerta, como buscando a alguien, y de pronto su mirada se posó en un gordo caballero. Entre ellos pasó una silenciosa corriente de palabras. Entonces el hombre asintió y ella hizo un levísimo gesto de asentimiento.

Y entonces ocurrió.

La muchacha honró a su madre inclinándose en una profunda reverencia. Cuando se enderezó, había ocurrido una transformación, porque su voz sonó tranquila y segura. Había desaparecido la señorita temblorosa y asustada de sólo un momento antes, y en su lugar estaba una joven fuerte, segura de sí misma.

—Le aseguro que soy muy capaz de hablar, lady MacLaren. —Sonrió radiante—. Soy la señorita Anne Royle, antes de Cornualles y ahora residente en Berkeley Square, con mi tía abuela y mi hermana.

Laird no se perdió la rápida mirada que le dirigió la señorita Royle, como para asegurarse de que había oído su nombre.

—¿Es usted la prometida de mi hijo, señorita Royle? —preguntó la condesa—. Contésteme, niña. No es momento para tonterías.

—Sí, lady MacLaren. —Enderezó la espalda y los hombros—. Soy su prometida. Él me pidió un momento para estar a solas y vinimos aquí para estar un instante, y entonces me pidió la mano. Qué afortunada casualidad que usted, lady MacLaren, haya llegado para compartir nuestro dichoso momento.

—Ah, sí, muy afortunada casualidad —terció Apsley, agitando las cejas y mirando burlón a Laird.

La condesa levantó el mentón y miró atentamente la cara de la señorita Royle.

—¿Se siente dichosa? Entonces, ¿por qué gritó?

La señorita Royle bajó la cabeza y miró a la condesa, que era mucho más baja que ella, y luego la levantó y contempló al público. Se echó a reír suavemente.

—Ah, caramba, supongo que eso fue lo que hizo subir la escalera a todo este grupo de invitados.

—Sí, señorita Royle —contestó Apsley—, aunque nos llevó unos cuantos minutos discernir de qué habitación había salido el grito. —Adelantó un pie y se le acercó—. ¿Por qué gritó?

—Vamos, por la emoción, lógicamente. —Se giró hacia el público y abrió los brazos—. El conde de MacLaren se va a casar conmigo, conmigo, Anne Royle, una simple señorita de Cornualles. ¿Hay alguna dama entre vosotros que no hubiera gritado de... mmm... euforia?

Las madres miraron interrogantes a sus hijas, los maridos a sus esposas. Como si hubieran recibido una señal, todos negaron con la cabeza.

—Y usted, lady MacLaren, justamente usted, comprendería qué inmenso honor me ha hecho su hijo al proponerme matrimonio.

Laird vio cómo, en menos de un segundo, como por arte de magia, se había transformado el semblante de su madre, pasando de la palidez y el enfado a la aceptación, y luego a una radiante sonrisa de felicidad.

¡Porras! No podía creer lo que estaba presenciando. ¿La señorita Royle se habría confabulado con Apsley en una grandiosa intriga para que este ganara su apuesta? No, esa loca serie de incidentes sobrepasaba incluso la capacidad de Apsley.

Condenación.

Esto no está ocurriendo.

Unos ominosos puntos negros comenzaron a girar alrededor de su cabeza como una bandada de cuervos asesinos.

Se había equivocado antes. La noche podía empeorar, empeorar muchísimo más.

Y, pardiez, sí que había empeorado.

La hora siguiente fue un absoluto y borroso enredo para Anne. Aunque sin duda que fue para bien.

Si hubiera tenido el tiempo para considerar las consecuencias de afirmar que era la prometida del conde de MacLaren, acto digno de que la llevaran directamente al manicomio, podría haber abierto la ventana y saltado por ella, con los pies por delante.

Sí, si lo hubiera pensado, pensado de verdad, habría preferido infinitamente quebrarse unos cuantos huesos antes que someterse a las sonrisas falsas y las miradas críticas y burlonas con que la obsequiaría la alta sociedad cuando se enteraran de la verdad.

Pero no tenía otra opción, ninguna en absoluto.

Menos mal que tenía a alguien de su parte, por el momento, en todo caso.

No era el conde, su libertino, borracho e involuntario socio en el delito horriblemente chapucero que había cometido esa noche.

No, por increíble que fuera, su ferviente partidaria era nada menos que la estimada lady MacLaren.

Porque sólo un instante después que ella soltara su gran mentira la condesa se volvió hacia los congregados.

«Por favor», exclamó, reduciendo la entusiasmada algarabía a sólo unos pocos susurros. «Bajemos todos al salón, ¡a celebrarlo!», canturreó, feliz.

Un poquitín demasiado feliz.

La condesa clavó su mirada de halcón en cada una de las personas congregadas ahí, casi como si quisiera tomar nota mental de los afortunados que se las habían arreglado para entrar en el dormitorio a presenciar aquella escena espectacularmente escandalosa.

—Vamos, creo que está indicado un brindis —gorjeó, agitando con brío las manos enguantadas, haciendo salir al corredor a los rezagados, como a un rebaño.

En el corredor estos se unieron a la creciente marejada de aristócratas curiosos y entonces, obedeciendo a un implacable gesto de la condesa, un ejército de severos lacayos de librea prácticamente los arrastró a todos escalera abajo.

Comprendiendo que esa era su oportunidad para escapar, ella se dirigió a la escalera e intentó zambullirse en la marea de confundidos invitados. Pero el intento fue en vano; lady MacLaren la pilló al instante.

Cogiéndole el brazo con sorprendente fuerza, la detuvo.

«Usted no, mi querida señorita Royle. Usted debe acompañarme a mi dormitorio. Tenemos mucho de qué hablar.»

Y así, antes de darse cuenta de lo que ocurría, estaba sentada ante un pequeño tocador y la doncella francesa de la condesa le estaba rehaciendo los tirabuzones y recolocándole las horquillas, además de ponerle una ligera capa de polvos en la cara y de colorete en las mejillas.

—No sé cómo tuvo lugar este compromiso, señorita Royle, pero ya no me importa lo más mínimo. En realidad, cuanto menos sepa de los horrendos detalles, tanto mejor. —Se interrumpió para chasquear los dedos en dirección a su doncella—. Estírale más el pelo hacia arriba, alísale un poco los rizos. Necesito que se vea elegante y refinada. ¿Entiendes?

—*Oui, madame* —masculló la doncella.

—La han sorprendido sola con mi hijo en la oscuridad de su dormitorio. No sé por qué estaba ahí ni durante cuánto tiempo, pero eso no tiene importancia. Hay que manejar con sumo cuidado esta delicada situación si queremos impedir las habladurías y la mancha para su apellido y para el nuestro.

Anne no tenía ni idea de lo que pensaba hacer la condesa, pero por lo menos se daba cuenta de que lo del compromiso no era cierto.

—Ah, cuánto me alegra que lo comprenda. Me inquietaba que no se diera cuenta de que todo esto del compromiso no es otra cosa que...

—Señorita Royle —interrumpió la condesa, levantando una

mano—, no importa. No me obligue a repetir mis palabras. Nuestro rumbo ya está decidido, porque juro que no me van a avergonzar ni a deshonrar otra vez. Otra vez «no». ¿Me entiende, señorita Royle?

Anne frunció el entrecejo.

—Esto..., en realidad no, no lo entiendo, lady MacLaren.

Pero la condesa no le hizo el menor caso, como si no hubiera hablado. Entrecerrando los ojos, la contempló:

—Su estructura ósea indica clase, y su altura, vamos, casi se podría decir que tiene un porte regio.

Resistiendo el deseo de hundir los hombros, derrotada, Anne enderezó la espalda y los hombros, acomodándose bien en la mullida banqueta.

De repente la condesa le cogió la mano y la puso de pie de un tirón.

—De pie, niña, para que Solange le arregle los lazos del corsé. Sí, es una joven bastante hermosa. Eso es algo al menos. —Exhaló un sonoro suspiro—. Debo reconocer que en el instante en que la vi, querida, su semblante me recordó en algo mis años juveniles. Es muy atractiva. Comprendo por qué mi Laird le concedería sus favores. —Se le levantaron las regordetas mejillas en una mueca y entrecerró los ojos hasta dejarlos en dos rajitas—. Ah, sí que sabe fastidiarme, siempre lo ha sabido.

Comenzó a pasearse por la habitación y Anne se limitó a mirarla en silencio; la bajita condesa no se dirigía a ella, sino que simplemente quería desahogarse en una rimbombante diatriba. Movía la mano por el aire como si estuviera cortando cabezas.

—Si por lo menos esta vez hubiera considerado un compromiso apropiado. Pero esto ya no tiene remedio, ¿verdad? Lo hecho, hecho está, y todos debemos vivir con las consecuencias. Está el hecho de que la sociedad espera una boda, y una boda tendremos.

—¿Una boda? —No podía ser que esperara que ella se casara

con el conde sólo para evitarle una vergüenza a la gran lady MacLaren. Él era un libertino, un sinvergüenza de la peor calaña; tenía una reputación tan negra como el betún para botas—. No lo dice en serio, lady MacLaren. Yo no puedo...

Solange le presionó el hombro y volvió a sentarla.

—*Parfum* —susurró, abriendo un frasco.

—Siempre hablo en serio, señorita Royle, y cuanto antes comprenda que esto no es un asunto nimio, tanto mejor. —La condesa se colocó detrás de ella y continuó, hablándole a su reflejo en el espejo—. Ya es hora de que Laird tome esposa y asuma su posición en esta familia en serio. Se lo he dicho, tres veces este día. Así que aunque el anuncio de este compromiso no haya sido el correcto y bien planeado que yo esperaba para mi hijo, una boda rápida es la mejor solución para todos.

—No puedo hacer eso —dijo Anne—. No voy a permitir que un simple contacto manche mi reputación. —Se giró, con sumo cuidado le cogió la mano a la condesa y la miró a sus sorprendidos ojos; sostuvo firmemente la mirada—. No me casaré con él.

Lady MacLaren la miró fijamente y emitió una arrogante risita.

—Querida mía, no tiene otra opción. Esta es la única manera de salvar su posición. Si no se casa con mi hijo su reputación quedará dañada irreparablemente.

Anne la miró con fuego en los ojos.

—No lo comprende. No me casaré con el conde. He oído hablar de él, lógicamente, pero ni siquiera le conozco.

—No, señorita Royle, para mí es absolutamente evidente que es «usted» la que no lo entiende. Usted, y la hermana de que ha hablado, quedarán deshonradas, totalmente deshonradas, para siempre. Ninguna familia querrá estar relacionada con las hermanas Royle. Piense en ella si no quiere pensar en usted.

Anne aflojó la mano y la retiró de la de lady MacLaren. Se

giró hacia el tocador y miró su imagen en el brumoso espejo prácticamente sin verla.

No podía aceptar eso. No había hecho todo el camino desde Cornualles para demostrar su linaje noble sólo para quedar conectada con el libertino más despreciable de todo el reino. No podía, no, tenía que haber otra solución.

Entonces fue cuando notó que la condesa se había quedado callada, lo que era muy raro en ella.

Levantó la vista. Buen Dios, la mujer la estaba examinando otra vez, en el espejo. Ninguna parte de su cuerpo escapaba a su examen.

—Buenas caderas —comentó la condesa, hablando consigo misma—. El parto de un heredero no tendría por qué dar problemas.

Anne cayó amargamente en la cuenta de que se sentía como un ternero en el mercado de ganado de Cornualles. Sintió arder las mejillas. ¿Cómo podía atreverse la condesa a evaluarla de esa manera? ¿De esa manera tan humillante?

Entonces vio que la expresión de la condesa no era crítica en absoluto, lo cual era raro por decir lo mínimo, dado que sólo unos minutos antes la habían sorprendido en el dormitorio de su hijo.

Se acercó más al espejo y miró atentamente la cara de lady MacLaren. Vaya, asentía con la cabeza con gesto aprobador. Jolines, si casi parecía «admirada».

Enderezó la espalda y bien sentada en la mullida banqueta giró todo el cuerpo para mirarla.

—Me parece —continuó la condesa—, que además es usted una mujer de pocas palabras.

—Soy bastante reservada, lady MacLaren —contestó amablemente—, pero cuando decido hablar no tengo pelos en la lengua.

La condesa parecía agitada; en realidad, en un abrir y cerrar de ojos había cambiado toda su actitud.

—Eso sí —dijo—. En ese punto estamos de acuerdo. Además, no puedo por menos que comprenderla si se guarda las cosas para sí, querida mía. Sin duda se siente anonadada después de la sorpresa de esta noche... esto..., señorita Royle, fue una sorpresa, ¿verdad?

—Ah, pues, sí, lady MacLaren. Una sorpresa «total».

Al menos eso no era mentira. Hasta que Apsley dijo que ella era la prometida de lord MacLaren, no se le había pasado por la mente la idea de un compromiso. ¿Y por qué se le iba a ocurrir esa idea? Esa idea era y seguía siendo ¡una locura!

—Lo de sorpresa es bueno. Nos atendremos a esa parte de la historia —dijo lady MacLaren y se mordió el labio inferior—. Claro que me preguntarán si su familia sabía que su compromiso era una posibilidad, aunque yo no lo supiera. Mi hijo siempre ha sido un muchacho impulsivo, así que si su familia estaba tan poco preparada para esto como yo, debemos enviar inmediatamente a Laird a recibir la bendición de sus padres.

—Con su perdón, lady MacLaren, debo informarla de que mis padres ya murieron. Vivo con mi hermana Elizabeth en la casa de mi tía abuela, la señora Prudence Winks, en Berkeley Square. —Cambió de posición para poder mirarla a los ojos—. Pero mi tutor, sir Lumley Lilywhite, sabe lo del compromiso. De hecho, está entre los invitados en el salón.

Una expresión que sólo podía ser de absoluto asombro iluminó los ojos de la condesa.

—¿Sir Lumley Lilywhite?

Anne asintió, recelosa.

—S-sí, lady MacLaren.

La condesa se dio una palmada en el corazón con la mano enguantada.

—Buen Dios, qué feliz coincidencia. Querida niña, ¿le ha dicho que nos conocemos muy bien? Vamos, ha transcurrido muchísimo tiempo desde la última vez que nos vimos. Qué hombre más encantador, y qué admirablemente conectado.

Anne frunció el ceño, desconcertada. ¿Podía realmente referirse a Lilywhite, de los Viejos Libertinos de Marylebone? Parecía imposible.

Un asomo de sonrisa curvó levemente los labios de la condesa, y durante un buen rato pareció inmersa en una nube de agradables recuerdos. Cuando volvió a mirarla a los ojos, la alegría y animación se habían apoderado de ella.

—Él y Malcolm, mi difunto marido, fueron compañeros de colegio y continuaron siendo íntimos amigos hasta..., bueno, no sé por qué se distanciaron, sólo sé que en algún momento dejaron de verse.

Anne arrugó la nariz.

—¿Se distanciaron?

—Ah, tal vez con los años se enfrió la amistad, como suele ocurrir en algunas relaciones. Sinceramente no lo sé. Pero dejó de visitarnos cuando veníamos a la ciudad. Yo echaba terriblemente de menos verlo. Es un hombre tan jovial, ¿sabe? Siempre me hacía reír.

Se le tensaron las facciones, pero al instante se recuperó. Había desaparecido su anterior severidad. Era como si en ese instante la viera por primera vez.

Porque de repente parecía como si su asociación con Lilywhite la hiciera merecedora de un nuevo respeto. Y en realidad, la transformación de lady MacLaren en los minutos siguientes fue nada menos que extraordinaria.

Desaparecida su anterior severidad, la trataba como si fueran iguales y comenzó a parlotear casi sin respirar entre frase y frase.

—Verá, cuando el Parlamento estaba en sesiones, mi marido residía aquí, en esta casa de Cockspur Street, mientras que mis hijos y yo vivíamos principalmente en MacLaren Hall.

Anne encubrió con una agradable sonrisa su confusión y los pensamientos que le pasaban tropezándose por la cabeza.

¿Sería posible que si no le daba a la condesa más motivos para dudar de su intención de casarse con su hijo, continuaría radiante de felicidad y toda benevolencia? Porque ya comprendía que la deshonra total era su único otro camino. Y tal vez así, era de esperar, la condesa ya no sentiría ninguna necesidad de poner en marcha los planes para acelerar la boda.

Ay, ojalá, ojalá, si pudiera ser así.

Bueno, tenía que hacerlo. Haría cualquier cosa para conseguirse un poco más de tiempo para idear la forma de salir de ese horrible enredo.

—Ah, pues, tiene que acompañarme en una visita ahí, señorita Royle —estaba diciendo lady MacLaren—. Saint Albans no está muy lejos. Vamos, si hace buen tiempo el trayecto podría no durar más de dos o tres horas. —Entrelazó los dedos—. Sí, debe venir conmigo y pasar un tiempo ahí. Mi marido se enorgullecía muchísimo de su propiedad, y comprenderá por qué. Siempre encontré que era una lástima que sus deberes lo retuvieran en Londres durante meses seguidos; disfrutaba mucho de la vida en el campo. Laird, bueno, parece que el chico le ha tomado afición a la ciudad. Pero ahora que se va a casar, tal vez cambie.

Guardó silencio y Anne cayó en la cuenta de que debía decir algo. Debía dejar a un lado la timidez y convertirse en la mujer osada que simuló ser cuando se enfrentó a los miembros de la sociedad en el dormitorio, y dijo la mentira más enorme de toda su vida.

—Usted es muy conocida en las altas esferas de la sociedad, lady MacLaren —dijo—, seguro que debía venir a Londres con regularidad.

Bueno, no era el más brillante de los comentarios, pero pasable, pensó.

—Ay de mí, no con la frecuencia que habría preferido. Mi

marido siempre me recordaba que la presencia de nuestra familia lo distraería de sus deberes para con la Corona. Así que por el bien del reino... —Se interrumpió, como si el pensamiento se le hubiera ido a la nada—. Bueno, así eran las cosas.

Anne acompañó a la condesa en su triste sonrisa, sonriendo también.

—Además, no es el número de días que pasa en la ciudad lo que hace memorable a una dama —continuó la condesa, con el ánimo visiblemente más elevado—. ¡Es la magnificencia de sus fiestas! No tema, señorita Royle de las remotas tierras agrestes de Cornualles. La instruiré en el arte de recibir en casa. —Sin dejar de sonreír le alisó la falda color blanco marfil y luego se echó una rápida mirada en el espejo—. ¿Está preparada para enfrentarse a su público ahora?

Anne se miró en el espejo y vio su expresión sobresaltada. Esa noche se había hecho realidad su peor pesadilla.

Jamás estaré preparada para esto. Jamás.

De todos modos, sabía que era imposible prevenir lo inevitable, así que contestó curvando mansamente las comisuras de los labios.

—Estupendo. Venga conmigo, señorita Royle. Nos esperan nuestros invitados. —Diciendo eso la cogió firmemente por el brazo y juntas salieron de la habitación y bajaron la escalera—. Le presentaré a todos los estimados invitados que han tenido la educación y el buen juicio de continuar en el salón a pesar de lo tarde que es. No se inquiete por nada. Déjeme hablar a mí y todo irá bien. Ya verá.

Cuando entraron en el elegante salón se hizo un repentino silencio en el grupo de damas y caballeros, al que siguió un fuerte aplauso que pareció rodar como un rugido hacia ellas.

Anne sintió acaloradas las mejillas. Jamás en su vida había recibido tanta atención y, buen Dios, no tenía ni idea de cómo arreglárselas.

Pasado un momento se le ocurrió que si de verdad estuviera comprometida buscaría a su futuro marido para reunirse con él. Tenía que hacer creíble esa farsa del compromiso de esa noche, ¿no?

Se puso de puntillas y paseó la mirada por el salón en busca de su «prometido». En su interior batallaban las emociones, pues al mismo tiempo deseaba y temía su presencia.

No había visto al conde desde el momento en que, con la cara sin expresión, aturdido como estaba, lo sacaron prácticamente a rastras del dormitorio sus admiradores y su horrendo amigo Apsley.

Al instante se acercaron un buen número de elegantes damas, que se apretujaron a su alrededor como una cara cinta de satén, sofocándola con sus atenciones; convirtiéndola, horror de horrores, en el centro de toda la actividad.

La condesa le rodeó la cintura con el brazo, como si no quisiera soltar a la señorita que haría realidad su más grandioso sueño para su díscolo hijo. Al parecer ya no le importaba que el compromiso no fuera otra cosa que una conveniente mentira.

Aunque ahora ya era bastante real.

A los pocos minutos le quedó claro, y también a todos los demás, que la intención de la condesa era pulir la historia de la chapucera presentación que hizo su hijo de su prometida ante la sociedad hasta que quedara reluciente como una cubertería de plata.

Al parecer no la desconcertaba que diez o más de los más destacados miembros de la alta sociedad londinense hubieran sido testigos del desarrollo de dicha presentación. Su verdad era la que contarían los invitados, a riesgo de perder el saludo por parte de una de las principales anfitrionas de Londres.

Anne jamás había visto una seguridad en sí misma tan descarada como la que veía en lady MacLaren. Ojalá pudiera ella tenerla también. Pero cuando, pasados unos minutos, la condesa se apartó de su lado para intimidar a todos con el fin de que aceptaran su versión de la historia del compromiso de esa noche, comenzó a notar que, curiosamente, ya no se sentía tan desconcertada como al principio.

Repentinamente la solución le quedó tan clara como el cristal de las copas que había quitado de los dedos enjoyados esa noche en el salón.

Sí, lo único que tenía que hacer era fingir seguridad y simular que realmente era la mujer a la que el conde amaba tanto que le propuso matrimonio.

—¿Señorita Royle? —canturreó una voz ronca en su oído.

De pronto todo el valor que acababa de reunir se le deslizó por los brazos y piernas, abandonándola, al levantar la vista y ver al conde de MacLaren junto a ella, mirándola.

—Cariño —dijo él, en un tono tan empalagoso como la melaza, claramente sarcástico—. ¿Te importaría acompañarme a la biblioteca para hablar un momento?

—¿A la biblioteca, milord? —Al tener los ojos tan abiertos le entró polvo del aire, que le picó como arenilla, y tuvo que parpadear repetidamente sin poder contenerse—. Lo siento, milord, pero creo que sí me importa acompañarlo en este momento. Debo asistir a lady MacLaren en atender a los invitados...

El conde arqueó una sola ceja, de la misma manera desconcertante que empleó cuando la pilló robándole la copa.

—Permítame que lo diga de otra manera. Acompáñeme a la biblioteca, señorita Royle. Los invitados están bien atendidos.

Una mano grande y cálida se posó en su espalda a la altura de la cintura y la empujó en dirección al corredor.

Justo en ese instante llegó Elizabeth a su lado, con los ojos agrandados por la preocupación.

—¡Anne! Lilywhite desea hablar contigo, muy urgentemente.

Indicó con un gesto a Lilywhite, que estaba esforzándose en

hacer pasar su generoso cuerpo por entre la pared y el círculo de parlanchinas señoras que rodeaba a lady MacLaren.

El conde sacó su posesiva palma de la cintura de Anne y la cogió del brazo, sujetándola firmemente a su lado.

—No entretendré mucho rato a la señorita Royle.

Elizabeth se apresuró a caminar delante de ellos e intentó cerrarles el paso al vestíbulo, pero el corpulento conde continuó avanzando, obligándola a apartarse de un salto de su camino.

—Por favor, milord, ¿no puede esperar un momento? Ahí viene.

Al ver que el conde no le hacía el menor caso, Elizabeth miró a Anne a los ojos.

Esta alargó la mano y sólo alcanzó a rozar la que le tendía su hermana, al pasar junto a ella.

—No tienes por qué inquietarte, Elizabeth. —La miró significativamente—. No me marcharé sin ti. Ve a disfrutar de la fiesta, porque esto es una celebración. No tardaré en reunirme con vosotros.

Eso último tuvo que decirlo por encima del hombro, porque MacLaren la llevaba prácticamente trotando por un corredor.

Entraron en la oscura biblioteca seguidos por dos lacayos. El más bajo, de cara redonda picada de viruelas, se apresuró e encender las velas de los candelabros de los lados del hogar, mientras el otro, alto y delgado, encendía las del candelabro posado sobre un largo escritorio situado cerca de la ventana que daba al jardín.

A Anne le latía tan fuerte el corazón que le golpeaba la caja torácica. Lentamente se giró a mirar a MacLaren. Estaba tal como había temido; su cara fría e impasible, su mirada, dura.

Entonces él dio un decidido paso hacia ella.

—Tenemos muchísimo de qué hablar, «mi amor».

Capítulo 4

Cómo cavar la propia tumba

Milord, sabe muy bien que no fui yo la que inventó esa ridícula fantasía de que soy su prometida —dijo Anne a borbotones—, fue su... su... ese depravado individuo, Apsley.

El conde no contestó, con lo que sintió unos revoloteos en el estómago, como si tuviera dentro un pajarito asustado.

—Usted «sabe» que no tenía más remedio que seguirle el juego y asegurar que soy su prometida. ¡Estaba ante mi deshonra!

—Podría estarlo todavía —dijo él, avanzando otro paso hacia ella, y, buen Dios, empezaba a ponérsele muy roja la cara—. Aunque Apsley lo niega, debo preguntarle si los dos se confabularon para tramar este ardid.

—Milord, le aseguro que no estoy ni he estado nunca confabulada con su diabólico amigo.

Echó hacia atrás el pie izquierdo, apoyó su peso en esa pierna y retrocedió medio paso con la otra, lo que no fue mucho, pero por lo menos quedó fuera de su alcance, por si decidía estrangularla, posibilidad que seguro consideraría ella si estuviera en el lugar de él.

Él arqueó nuevamente esa ceja.

—¿Está dispuesta a jurarlo?

Anne se plantó las manos en las caderas.

—Milord, simplemente soy una víctima de las circunstancias, de una situación horrorosa, inimaginable, que me obligó a actuar de inmediato para proteger mi reputación.

—¿Y era su «reputación» la que ocupaba el primer lugar en sus pensamientos cuando entró a hurtadillas en mi dormitorio, señorita Royle?

Diciendo eso se pasó los dedos por el negrísimo pelo ondulado y ella comprendió al instante que no estaba tan impasible como quería hacerla creer.

Lo miró a los ojos, de un vivo color azul, y los vio cansados, y luego notó el asomo de barba que le ensombrecía la fuerte mandíbula. Estaba claro que esa noche no había sido todo alegría y buen humor para él; y algo en la adusta expresión de su cara tan perversamente guapa le dijo que su actitud tenía muy poco que ver con la mentira de ella. Al mirarle nuevamente los entristecidos ojos, se le ablandó el corazón y sintió pena por él.

De pronto se le disolvió el miedo ante su ira.

El deseo de abrir los brazos y consolarlo la impulsó hacia él sin previo aviso; levantó los brazos que tenía a los costados y los extendió hacia él sin darse cuenta de lo que iba a hacer.

¡Fatalidad!

Se detuvo en seco y bajó bruscamente los brazos a los costados, como un soldado, y se apresuró a bajar los ojos, mirando el suelo.

¿Qué era lo que él le había preguntado? Ah, sí.

Exhaló un suave suspiro, sólo para impresionar, y darse tiempo para escarbar en su cerebro en busca de un motivo creíble que explicara por qué había entrado en su dormitorio. Y entonces simplemente se le trabó la lengua sin dejar salir la explicación.

—¿Y bien? —dijo él, acercándose.

Aunque aún no estaba delante de ella, era como si lo estuviera, porque era tan alto, sus hombros tan anchos (vamos, por lo menos el doble de anchos que los suyos), que su presencia parecía cernirse sobre ella como un muro de negros nubarrones de tormenta.

—¿Señorita Royle?

Ella alzó el mentón y lo miró fijamente con su expresión más ofendida.

—Si está tan decidido a arrancarme mi motivo para entrar en su dormitorio, lo tendrá. Aunque había esperado que sus modales fueran más refinados y no me obligara a confesar.

—Le pido disculpas por mi lamentable comportamiento. Pero continúe.

Como para instarla a continuar, avanzó otro paso, y entonces sí que quedó gigantesco ante ella.

Anne se tragó la segunda mentira de esa noche que estaba a punto de soltar. Pero al ver el ceño que afeaba esa cara, por lo demás guapa, dudó de que tuviera efecto otra apelación a su caballerosidad, así que continuó:

—Me resulta muy vergonzoso explicarle los motivos para entrar a escondidas en su habitación. Debe comprender que sólo soy una señorita común y corriente de Cornualles.

—Cariño, eres cualquier cosa menos común y corriente, pero de todos modos quiero la explicación, puesto que fue el ímpetu que ha llevado a nuestras próximas nupcias.

Su voz sonó profunda y resonante, y como estaba tan cerca, sus palabras le retumbaron en todo el cuerpo como truenos.

—Fue el vino, milord.

—¿El vino? ¿No fue de su gusto, señorita Royle de Cornualles?

Anne sabía muy bien que de ninguna manera podía desenmascararse para defenderse.

—Ah, desde luego que me gustó, señor. Lo encontré extraordinario, pero mi constitución no fue capaz de soportarlo. Me vino una terrible necesidad de... de encontrar un... un orinal, y un lugar donde pudiera estar a solas.

—¿Y encontró uno?

—¡¿Qu-qué?! —tartamudeó ella. Eso era de locos; ¿por qué no lograba concentrarse?

—Bueno, el orinal. Eso era lo que andaba buscando, ¿no?

Anne no tuvo que retener el aliento para que le subiera el calor a las mejillas.

—Es usted abominable.

El conde levantó la cara hacia el cielo raso, emitió una risa dura y forzada y volvió a mirarla.

—¿De verdad espera que me crea esa historia? ¿Eso, de una mujer que sólo una hora antes andaba pavoneándose por el salón robándoles las copas a invitados desprevenidos?

—Ah, sí. Bueno, de eso también tuvo la culpa el vino. —Se encogió de hombros; la historia le estaba resultando a la perfección, ¿no?—. Simplemente me revolvió la mente antes que el vientre. Y lamento mucho el problema que le he causado. De verdad, lo siento.

Desapareció la risa que iluminaba los ojos del conde.

Anne se introdujo los dos labios en la boca y se los mordió, para impedir que se le formara una sonrisa. Él le creía. ¡Ja! Se le notaba claramente.

—Muy bien, ya hemos tenido nuestra importante conversación, ¿no? —Se recogió las faldas para levantarlas del suelo—. Entonces ahora, milord, si me permite pasar, me marcharé de su casa y le dejaré a usted la explicación de todo este error a lady MacLaren.

Echó a andar, pero él le cogió el brazo y la atrajo hacia sí.

—Ah, no, cariño —le dijo, con la boca justo encima de la oreja—. Ahora no se va a lavar las manos así como así y salir por esa puerta. Estamos unidos en este enredo, señorita Royle, y mientras no se nos ocurra una explicación que no nos marque a los dos como unos mentirosos de primera clase, continuará siendo mi prometida.

Anne negó enérgicamente con la cabeza.

—No, No, no, no. Sé que lady MacLaren lo desea y lo espera, pero seguro que usted no. Usted es tan víctima como yo en todo esto, más aún. Sé que juntos podemos idear un plan adecuado para acabar con este insensato compromiso.

—Sí, estoy de acuerdo, pero mientras no surja ese plan, es usted mi novia.

—No puede esperar que yo me haga pasar por su novia después de esta noche.

—Eso es exactamente lo que quiero decir. —Le cogió la mano y se la levantó como para besársela, y aunque ella tironeó, no se la soltó—. En mi dormitorio me pareció totalmente entusiasta.

En su aliento flotaba el suave aroma a coñac, induciéndola a mirarle la boca, obligándola a recordar cómo la cogió en su dormitorio y la besó; cómo ese beso le quitó el aliento.

—Pero, milord, hay una solución, una muy sencilla. Cuando vuelva al salón reconoceré que acepté casarme con usted con mucha precipitación. Le echaré la culpa al vino. Y entonces romperé el compromiso. Eso no dañará a nadie, y los dos quedaremos libres de los grilletes de este engaño.

El conde negó con la cabeza.

—No, muchacha.

Anne lo miró incrédula.

—¿No? ¿Por qué no? Es la solución perfecta.

—Permítame que discrepe.

—Y eso ¿por qué? Sé que no tiene el menor deseo de casarse conmigo. Aunque es poco el tiempo que hemos vivido en Londres mis hermanas y yo, he oído historias acerca de su libertinaje.

—¿De veras?

—Sí. Tan pronto como llegué a Londres más de una señora

me comentó que todas las damitas debían considerarse afortunadas de que usted estuviera fuera de la ciudad todo el año y no en Mayfair dedicado a destrozar todas las frágiles reputaciones que pudiera. No puedo estar vinculada a usted.

Él hizo un gesto de pena y al instante ella deseó poder retirar esas hirientes palabras.

Entonces él, sin decir nada, se aclaró la garganta y luego la clavó con la mirada.

—Es evidente que no lo ha oído todo de mí, señorita Royle. Si lo hubiera oído sabría que estuve comprometido con lady Henceford, hasta que ella rompió el compromiso hace unos quince meses.

Anne lo miró fijamente, sorprendida.

—¿Se iba a casar? ¿Usted? ¿El nuevo conde de MacLaren, el hombre más libertino del reino?

—¿El más? Nada de eso. Los hay peores. Apsley, por ejemplo. —Enderezó la espalda—. Pero sí, señorita Royle, sí, me iba a casar. Ella me dejó plantado ante el altar, consolando a mi afligida madre y pidiendo disculpas a mi avergonzado padre.

—Lamento mucho eso, milord. —Bajó los ojos, aunque sólo un momento—. Entonces, para dejar totalmente claras las cosas sobre el tema, supongo que...

—Romper el compromiso esta noche —interrumpió él, sin dejarla continuar— no es una opción que esté dispuesto a discutir con usted. ¿Qué otra cosa se le ocurre? ¿Tiene algo?

—Ah, bueno, supongo que podríamos... —Lo miró con los ojos entrecerrados—. Un momento, señor, ¿por qué debo idear un plan yo? No le he oído ofrecer ninguna fabulosa idea.

—Y no la oirá. Yo estaba demasiado borracho para reaccionar adecuadamente cuando usted anunció nuestro compromiso. Por lo tanto, iré a visitarla mañana por la noche, cuando esté seguro de que el coñac se ha evaporado totalmente de mis venas.

—¿Mañana? —exclamó Anne.

—Sí. Berkeley Square, ¿no? Ah, sí, una cosa más.

Diciendo eso lord MacLaren metió dos dedos en su bolsillo del reloj, hurgó un poco, sacó un anillo de zafiro en cabujón y sin hacer ningún comentario ni dar ninguna explicación, comenzó a ponérselo en el dedo anular enguantado.

Anne chilló de dolor cuando el anillo encontró resistencia en el nudillo, sobre un pliegue de la cabritilla del guante, pero él continuó sin apiadarse. Estaba claro que su objetivo era dejar bien puesto el maldito anillo, aunque eso significara quebrarle el dedo. Empujó con más fuerza, y más y más, hasta que el anillo pasó por el nudillo y llegó a la base del dedo.

Entonces le soltó la mano y le sonrió. Fue una sonrisa cálida, maravillosa, ni la mitad de lo diabólica que ella habría esperado de él. Debería sonreír con más frecuencia. Y le diría eso si no lo detestara tanto en ese momento.

—Un anillo de compromiso —explicó él entonces—. Perteneció a mi abuela. La condesa espera que lo lleve puesto cuando salgamos de la biblioteca.

—Lord MacLaren, no lo usaré. Esto sólo agrava la mentira. —Haciendo una breve y sonora inspiración, tironeó y giró la reliquia de familia, cuyo zafiro brillaba como un cielo nocturno—. ¡Porras! No pasa del nudillo.

—Estupendo —dijo él, sonriendo satisfecho.

Habiéndose portado como una verdadera dama todo ese rato, Anne abrió la boca para atacarlo con una réplica hiriente, y justo en ese instante él le cubrió la boca con la suya, y ahogó una exclamación al sentir entrar la lengua en la boca y cómo comenzó a mover los labios como si estuviera devorándola.

Durante un brevísimo momento no pudo respirar. Sintió dulce el débil sabor a coñac en la lengua de él, y le calentó la boca, sólo un instante, porque entonces él se apartó.

Anne se sintió aturdida, mareada, desconcertada. Lo miró,

con los labios todavía vibrando, sensibles por ese abrasador beso.

Él curvó la comisura izquierda de los labios en una sonrisa engreída.

—Mmm. No ha estado nada mal. —Se rió y juntó los mojados labios.

Al instante Anne recuperó el juicio, con fuerza. Bruscamente se llevó la mano a la boca, pero había olvidado el anillo, y en lugar de demostrar su absoluto disgusto limpiándose los labios del beso, se golpeó sonoramente el diente con el zafiro.

Sintió arder las mejillas.

—No es usted otra cosa que un hombre malo. —Lo miró con los ojos entrecerrados—. Y pensar que le tuve lástima esta noche.

—Ah, debe sentir compasión por mí. Los dos somos víctimas.

—Sí. Y aunque todas las personas que están en esta casa se creen que estamos comprometidos, no lo estamos. Así que, por favor, deje de tomarse libertades.

—El beso ha sido delicioso. Reconózcalo.

—Ah, pues, no. Y no es que no me hubiera besado ya esta noche. Así que no me diga que ha sido una experiencia nueva para usted.

El conde se rió.

—Ah, pero, cariño, sí que lo ha sido. Estoy muy seguro de que esta es la primera vez que beso a mi «prometida».

Capítulo 5

Cómo usar un cuchillo de cocina

Ya era casi el amanecer cuando sir Lumley Lilywhite, gruñendo y resollando, hizo entrar a Anne y Elizabeth en la grandiosa mansión de su patrocinadora en Cavendish Square 2 de Marylebone.

Anne estaba agotadísima, en mente y cuerpo, pero no tanto como parecía estarlo lady Upperton. Era evidente que la anciana no había dormido nada y había esperado en pie la llegada de Lilywhite para informarla acerca de la fiesta de los MacLaren.

Sus ojos azul claro estaban enrojecidos cuando los abrió para mirarlos desde el pequeño sofá donde los esperaba sentada.

Atormentada por un fastidioso catarro, no se había molestado en cambiarse la ropa para dormir, a pesar de la esperada presencia de un caballero. Así que recibió a sus visitas en una arrugada bata de brocado, con un gorro de dormir bordado coronando su ondulado pelo blanco. En el instante en que su mirada recayó sobre las hermanas Royle movió espasmódicamente los pequeños pies metidos en sus zapatillas, que colgaban a varios dedos del suelo.

—¿Estás absolutamente loca? —chilló en el momento en que

Lilywhite hizo girar bruscamente a Anne y Elizabeth en dirección al sofá—. Anne, ¡dijiste que eres su «prometida»! Ay, Dios. —Levantó un dedo, luego cerró fuertemente los ojos y se llevó un pañuelo a la nariz enrojecida para sofocar un estornudo—. Un momento, por favor.

Anne miró a Lilywhite por encima del hombro mientras lady Upperton movía el pañuelo con bordes de encaje bajo la cara, esperando el estornudo.

—Vaya, las buenas noticias viajan rápido en Londres —comentó, mirando a su hermana—, ¿no te parece, Elizabeth?

—No es una buena noticia, Anne —la reprendió Elizabeth—. Pero, bueno, es guapo. ¿Habías visto unos ojos de ese color? Son como zafiros.

Anne le echó una furtiva mirada al anillo que tenía metido en el dedo.

—Por favor, no hables de zafiros delante de mí, Elizabeth.

Lady Upperton abrió los ojos, ya pasado temporalmente el peligro del estornudo.

—Desde luego tu compromiso no es una buena noticia. Es horrible. —Dejando el pañuelo en la falda, cogió una delicada taza azul y blanca de la enorme mesa para el té que tenía delante—. Lilywhite, sé bueno y ve a decir a los caballeros que las niñas han llegado.

Asintiendo, Lilywhite se dirigió a la columna que separaba dos librerías a un lado del hogar. Aunque tanto Anne como Elizabeth habían visto varias veces lo que iba a hacer, nunca dejaba de impresionarlas. Lo observaron cuando presionó con su regordeta mano la cara de una diosa tallada en la columna; la respingona nariz de la diosa se hundió.

En el mismo instante en que esto sucedió, se oyó un clic y un suave rechinar de goznes, y de pronto se movió la parte de abajo de la enorme librería, dejando a la vista un pasillo secreto. El corpulento hombre pasó su considerable peso de una pierna a la otra, entró anadeando en la oscura abertura y desapareció de su vista.

Inmediatamente Anne cruzó la distancia que la separaba de la pequeña anciana y se sentó a su lado en el sofá.

—Querida lady Upperton, si me lo permite, se lo explicaré todo a su satisfacción.

—Cariño, sé que eres una chica lista y ocurrente, pero no logro imaginar qué conjunto de acontecimientos pudieron ocurrir que te hicieran necesario hacer la estrafalaria afirmación de que eres la prometida de lord MacLaren.

—No tuve otra alternativa. —Le cogió la mano que por el tamaño parecía casi la de una niñita y se la apretó, arrugándole sin querer la piel tan translúcida como si fuera de papel de seda—. Me sorprendió en su dormitorio, y entonces yo grité, y bueno, la condesa, no, muchos miembros de la sociedad, nos sorprendieron en una situación que podía interpretarse como muy comprometedora. Ya debe de saber cuánto me fastidia atraer cualquier tipo de atención. Se puede imaginar lo difícil que fue para mí estar ahí ante las miradas críticas de la alta sociedad y verme obligada a mentir.

—Pero, Anne, afirmar que eres la prometida del conde. Si es la atención lo que temes, vamos, hija, lo has empeorado todo, has aumentado la atención que vas a recibir a partir de esta noche.

—No elegí yo la mentira. El amigo del conde, un tal lord Apsley, se inventó una explicación creíble para justificar que a los dos nos encontraran juntos en su dormitorio, y dijo que estábamos comprometidos. Y en ese momento no tuve otra opción que agarrarme de esa explicación.

Se oyó un claro clic de bastón sobre el suelo. Anne levantó la vista y vio entrar en la biblioteca a dos ancianos elegantemente vestidos por la puerta secreta que comunicaba por un pasillo la casa de lady Upperton con el club de los Viejos Libertinos de Marylebone, de la casa vecina. Sir Lumley, de andar algo más lento, cerraba la marcha, y, pasado un instante, los tres caballeros se reunieron con las damas ante el sofá.

—Lilywhite, fuiste un condenado idiota al permitir que la niña hiciera esa afirmación —dijo lord Lotharian, el autoproclamado rey del grupo de ancianos.

Dicho eso pasó la mirada de Lilywhite a Anne y movió tristemente la cabeza.

Ella levantó las palmas ante él.

—Le digo que no tenía otra opción.

—Bueno, podría haber sido mucho peor, aun cuando ahora tendrá que cargar con esa notoria mala reputación de MacLaren —terció lord Gallantine, cuya peluca de color castaño rojizo estaba algo ladeada, poniéndole la mano en el hombro a Lotharian—. Hay una provisión limitada de condes en Londres, ¿sabes? De todos modos, estoy de acuerdo con mi compañero en eso. Vamos, el conde podría haber negado muy fácilmente el compromiso y haberte señalado, Anne, nada menos que como a una ladrona nocturna.

—Sí que podría haberlo hecho, pero no dijo nada cuando Apsley lanzó al aire su explicación. Ni una sola palabra. Y en ese momento comprendí, «supe», que asegurar que era su prometida era mi única esperanza de evitar la deshonra, o que me arrestaran.

Lotharian se echó a reír al oír eso.

—Tiene buen ojo para calar la naturaleza humana esta niña. ¿Le enseño a jugar al pique?

—No harás nada de esa suerte, Lotharian. —Lady Upperton desvió la mirada del caballero y la fijó firmemente en Anne—. ¿Y encontraste las cartas por lo menos, hija?

—No. El bribón del conde me sorprendió en el momento en que abrí las cortinas para que entrara algo de luz de la luna.

La anciana frunció los labios y arqueó una blanca ceja, interrogante.

—¿Cómo explicaste entonces tu presencia en su dormitorio?

Lo que fuera que dijeras tuvo que ser bastante creíble. Después de todo estás aquí y no encadenada en prisión.

—No logré decirle nada antes que... —Agrandando los ojos hizo una rápida inspiración para fortalecerse.

Elizabeth corrió a arrodillarse delante de ella y le puso suavemente una mano sobre la rodilla.

—¿Antes de qué, hermana? No pasa nada, puedes decírnoslo. Hiciera él lo que hiciera..., bueno, estamos aquí por ti. Siempre estaremos por ti.

—¿Qué? —exclamó Anne—. ¡Uy, santo cielo! No. —Le apartó la mano—. Cuando se acercó a cogerme, pisó el borde del tablón. Ese era «el» tablón, y comenzó a levantarse.

Lady Upperton ahogó una exclamación y se cubrió los labios con sus regordetes dedos.

—No vio...

Anne ya estaba negando con la cabeza.

—No. Pisé el tablón para cerrarlo y me desplomé sobre él, simulando un desmayo.

—Rápida para pensar —comentó Lilywhite, sonriendo de oreja a oreja—. Sí que tiene un don para esto, tal como dijiste, Lotharian. Señorita Anne, tu padre se habría sentido muy orgulloso de ti.

—¿Y las cartas? —preguntó Elizabeth, ceñuda—. ¿Las viste? ¿Siguen debajo del tablón que está debajo de la ventana?

Anne hizo un gesto de pena.

—Ojalá lo supiera. No tuve tiempo de mirar. No tuve tiempo de nada. Porque antes de darme cuenta ya estaban todos los miembros de la alta sociedad entrando en el dormitorio y yo me estaba inventando la mentira más grande de mi vida.

—Ah, cariño, tal vez las cosas no son tan terribles como creemos —dijo lady Upperton, sorbiendo por la nariz, tal vez debido al catarro, y la acercó para abrazarla—. Vamos, una vez que tengamos las cartas, rompes el compromiso, y ya está.

Cansinamente Anne se desprendió del abrazo.

—Lady Upperton, eso es justo lo que pensaba hacer. Pero después de hablar con el conde en privado esta noche. Ah, pero si ya casi es por la mañana..., pues bien, anoche, he comprendido que mi camino hacia cualquier tipo de solución no será directo. Me parece que tendré que soportar la atención de la alta sociedad un tiempo más.

Emitiendo un suave gemido, Lilywhite hundió sus viejos huesos en un sillón cercano al sofá.

—MacLaren informó a la niña de que no tolerará que haga eso. Romper el compromiso no es una opción, le dijo. —Emitió un bufido—. Dijo que no permitirá que su madre vuelva a pasar por esa vergüenza. Yo creo que lo que le importa es su propia vergüenza, ahora que debe asumir las responsabilidades familiares de su padre, y probablemente en la Cámara de los Lores también.

Lord Lotharian levantó un huesudo dedo y lo movió.

—Pero resulta que nuestra niña es la verdadera víctima de este escándalo, no él ni su santa madre. Su padre, de negro corazón, robó y escondió la prueba del linaje de las chicas. Ella no hizo nada malo al intentar recuperar esa prueba. Estaba en su derecho, por nacimiento, vamos, digo yo.

Anne se puso lentamente de pie.

—No, milord. Entrar a hurtadillas en su dormitorio a robar un paquete de cartas secretas del príncipe de Gales a Maria Fitzherbert es un delito. Podrían haberme llevado presa a Newgate. En cambio, lo que hizo MacLaren, por increíble que pueda parecer, fue proteger mi honor.

—Puede que te haya protegido el honor, pero no lo hizo con esa intención; estaba borracho como una cuba —dijo Elizabeth con la mayor naturalidad—. En mi opinión, estaba tan borracho que no fue capaz de reaccionar a lo que se dijo en ese momento—. Es probable que el honor, el tuyo o el suyo, no se le pasara siquiera por su mente empapada en coñac.

—De todos modos, nos guste o no nos guste, ahora mi nombre está relacionado con el conde de MacLaren. —Levantó la mano izquierda y la puso delante de la nariz enrojecida de lady Upperton—. Este es el anillo de su abuela, lady Upperton. Su madre deseaba que yo, su prometida, lo llevara puesto.

La anciana le cogió la mano y se la acercó a los ojos para mirar el anillo.

—Querida mía, no puedes quedarte esto.

—No logro quitármelo, y tampoco el guante, si es por eso. —Suspirando, con la mano libre le dio otro tirón al anillo, y luego miró a los Viejos Libertinos—. Debería haber sabido, cuando ustedes tres me ordenaron que entrara a robar las cartas, que de una u otra manera me quedaría atrapada.

—Debo ofrecer mi consejo otra vez —terció Gallantine—. Casarte con el conde no es un destino tan trágico, querida mía.

Anne exhaló un suspiro de frustración.

—Casarme con el conde no es una opción. Nuestro compromiso es una locura. Usted habla como si él deseara casarse conmigo. ¡No lo desea! Ni yo deseo casarme con él. Por favor, no volvamos a hablar de esto. Sólo deseo que este anillo salga de mi dedo. Ahora.

—Vamos, hermana, no seas tan teatrera —exclamó Elizabeth, cogiéndole la mano e intentando sacarle el anillo haciéndolo girar.

Anne retiró bruscamente la mano.

—No sale. Sólo vas a conseguir que se me hinche el nudillo.

—Saldrá —insistió Elizabeth—. Cuando volvamos a Berkeley Square, lo cortaremos con el cuchillo de cocina de la señora Polkshank y ya está.

Anne la miró con los ojos entrecerrados.

—¿Mi dedo o el anillo, Elizabeth? Porque me parece que no puedo permitir ninguna de las dos cosas sin arriesgarme a morir.

—Ni el dedo ni el anillo, tonta boba, «el guante».

Lilywhite se aclaró la garganta.

—Como sea que decidamos remediar este problema del compromiso, debemos hacerlo pronto. Lord MacLaren me ha informado, como también informó a Anne, que tiene la intención de visitarla esta noche para llegar a un acuerdo sobre cómo solucionar esta situación.

Lord Lotharian dio una fuerte palmada, atrayendo la atención de todos.

—El tiempo es crucial, parece. Lady Upperton, ¿tú te encargarás de idear un final agradable para el compromiso de Anne con MacLaren? —Sin esperar que la anciana contestara, miró a Elizabeth, con un brillo travieso en los ojos—. Elizabeth, querida, sé que vuestra cocinera es extraordinariamente hábil para sonsacar información a los lacayos. ¿Nos harás el favor de pedirle a la señora Polkshank que averigüe si el personal de la casa MacLaren tendrá esta noche libre? Me han dicho que lady MacLaren suele mostrar esa generosidad con el personal después de una grandiosa reunión.

Elizabeth asintió, aunque sin comprender.

—Lord Lotharian —dijo Anne, sin poder ocultar la desconfianza en el tono de su voz—, ¿para qué necesita saber el paradero del personal de la casa MacLaren? Se le ha ocurrido un plan, ¿verdad? Vamos, sus ojos lo dicen claramente.

—¿Mis ojos? —rió Lotharian.

—Si su plan consiste en... —Miró al anciano con los ojos entrecerrados al pasarle por la cabeza lo que podría estar tramando—. Ah, no. No volveré a entrar en el dormitorio del conde. No, de ninguna manera.

—Querida niña, nadie te va a pedir que hagas semejante cosa. —Lotharian alargó el brazo y le dio una palmadita en el hombro—. No tienes por qué inquietarte.

A Anne comenzaba a aflojársele la tensión de los músculos cuando vio a Lotharian echar una disimulada mirada hacia su izquierda, a la que Gallantine correspondió curvando levemente los labios, en una breve y casi imperceptible sonrisa.

Un estremecimiento le recorrió toda la piel.

Ay, Dios, y ahora ¿qué?

Esa noche a las nueve y media

Casi se podía llamar templado al aire nocturno, todavía húmedo por la lluvia de esa tarde, y Laird se sentía totalmente a gusto caminando, arropado por su elegante chaqueta de cachemira. No tenía frío ni calor, y la caminata desde Cockspur Street a Berkeley Square era bastante vigorizadora.

Además, Apsley se merecía ir a pie, después de lo que había hecho.

—Mueve esas patas, tonto.

—Yo no tengo toda la culpa, MacLaren. Tú mismo me incitaste con esa maldita apuesta a que no sería capaz de hacerlo.

Laird no contestó.

—Ah, y la chica, por cierto ¿por qué estaba en tu dormitorio? ¿Sabes?, creo que vio lo vulnerable que estabas y decidió cogerte en la trampa del cura.

—Cierra el pico, Apsley.

—Dicen que su tutor es Lilywhite, uno de los Viejos Libertinos de Marylebone. Son un grupo de pícaros, ¿crees que me permitirían unirme a ellos cuando esté canoso? En todo caso, no lo dudaría si nos enteráramos de que él la instó a entrar en tu dormitorio. Supe que atraparon a un duque para la hermana mayor. ¿Por qué no a un conde para la chica rubia? —La voz ya le salía en resuellos, y tenía dificultades para respirar—. De verdad, MacLaren, yo podría haber pedido mi landó o un coche de alquiler, en lugar de caminar.

—¡Basta! —exclamó Laird, sin atreverse a mirarlo—. Te guste

o no me vas a ayudar a salir de este maldito enredo que has armado. Iremos a pie.

—Bueno, eso ya lo veo —resolló Apsley, haciendo todo un espectáculo de su cansancio y disgusto—. Joder, si hubiera estado destinado a recorrer a pie la mitad de Londres, habría nacido hijo de un carbonero, no heredero de un condado.

—La caminata le hará bien a tu constitución —contestó Laird, mirando al frente, aun cuando el otro iba caminando laboriosamente a su lado.

—Estoy en buena forma. Todas las damas me lo dicen.

—No me cabe duda. Hasta que dejas la chaqueta y la camisa en la cama de dosel y tu *chére amie* te ve el corsé.

Apsley se detuvo.

—No hay motivo alguno para que te pongas grosero. Además, no es que la mayoría de los caballeros no usen corsé para lograr un vientre plano.

Laird alargó los pasos.

—La mayoría de los caballeros de una «cierta» edad, eso sí —dijo en voz lo bastante alta para que el otro lo oyera.

—Oye, MacLaren —contestó Apsley, trotando detrás—, no todos somos tan afortunados de tener el físico del *David* de Miguel Ángel.

—Buen Dios, yo no llamaría afortunado al *David*.

—Mac, perdóname. Te lo compensaré.

—Ya lo sé. Tengo un plan.

—Sabes que te ayudaré. Lo que sea que me pidas lo haré, te lo juro. —Alargó la mano, le cogió la manga de la chaqueta y de un tirón lo obligó a girarse a mirarlo—. Pero ¿cómo sabes que ella aceptará tu plan?

—Tiene nombre. Señorita Anne Royle.

Apsley se rascó la sien.

—¿Por qué me suena tanto ese apellido?

—¡Porque es el de mi maldita prometida!

—Ah, bueno —dijo Apsley, reanudando el trote para seguir el ritmo de los largos pasos de Laird—. Ahora que te he pedido disculpas, más o menos, ¿me quieres explicar por qué no podemos subir a tu coche? Está ahí, condenación, siguiéndonos como una enorme sombra.

Laird se soltó de la mano de Apsley y reanudó la marcha por la acera.

—Está ocupado.

—¿Siguiéndonos?

—Transportando algo para mí.

Apsley contorsionó la cara, desconcertado.

—¿Qué? ¿Qué llevas en el coche que sea tan importante como para que tengamos que hacer a pie todo el camino hasta Berkeley Square?

—Un regalo —contestó Laird, sonriendo para su coleto—. Para mi «prometida». —Le dio una palmada en la espalda—. Coge el tranquillo, hombre, sólo nos falta otra milla.

Berkeley Square

Las damas estaban en la sala de estar esperando la llegada de lord MacLaren.

Él no se había molestado en enviar una tarjeta a Anne informándola de la hora en que podían esperarlo. Eso habría indicado que tenía modales, pero claro, no los tenía en absoluto. Por lo tanto, estaban esperando. Ya llevaban dos horas. Dos tontas horas en las que Anne no había podido dejar de inquietarse imaginando todos los posibles peores finales para esa noche.

Como era su costumbre, la tía Prudence dormía en su sillón junto al hogar, chupándose los marchitos labios en los que quedaban restos del cordial.

Cherie, la bajita, menuda y silenciosa criada para todo servicio, retiró suavemente la copa de cristal medio vacía de las temblorosas manos de la anciana y la colocó en la bandeja de plata que extendió hacia ella MacTavish, el canoso mayordomo de la familia, y salió de la sala junto con él.

Lady Upperton metió las manos entre las cortinas de la ventana, las separó y miró hacia la calle.

—Lotharian ya debería habernos enviado recado —comentó.

Anne, que estaba con los codos apoyados en la repisa del hogar, levantó la vista al captar movimiento en el espejo que colgaba encima. Se giró y vio entrar a Elizabeth acompañada de la señora Polkshank, ex camarera de taberna y en esos momentos la cocinera de la casa.

—¿Está segura, señora Polkshank? —le estaba preguntando Elizabeth.

—Ah, pues sí —contestó la cocinera asintiendo enérgicamente, con lo que se le agitó la papada y le bambolearon los pechos colgantes—. Lady MacLaren les dio la noche libre a su personal, y el día también. Y no sólo a los sirvientes, a todos. Desde el mayordomo hasta la mona vestida de seda que tiene de doncella.

Lady Upperton sacó la nariz de entre las cortinas y miró a la cocinera.

—¿Y lord Lotharian lo sabe?, ¿estás segura?

—Ah, tan segura como puede estarlo una muchacha como yo. Le llevé la información yo misma.

—¿Usted? —exclamó Anne.

Nunca le había caído bien esa grosera cocinera, y sabía que el sentimiento era más que recíproco.

La señora Polkshank siempre había preferido a la frugal Mary, la mayor de las trillizas Royle. Mary fue quien la contrató, y sin recomendaciones, claro está. Y le pagaba muy bien la capacidad de conseguir las listas de invitados a las fiestas de la sociedad, robadas por lacayos cachondos cuyos cerebros sin duda residían dentro de sus calzas.

Y claro, ahora la descocada cocinera esperaba cobrar por cada secreto que obtenía para las Royle, lo que no sería tan preocupante si no pidiera que le pagaran el doble cada vez que se la requería para que realizara algún servicio... especial.

La señora Polkshank la obsequió con una descarada sonrisa.

—Yo, sí. Y él, siendo el fino caballero que es, me invitó a acompañarlo a tomar el té en la biblioteca. No le importó un bledo que yo sólo fuera una cocinera. Reconoce a una verdadera mujer cuando la ve. Vamos, que charlamos una hora por lo menos como si yo fuera una aristócrata.

Lady Upperton se llevó la mano a los rojos labios pintados, para ocultar una tenue sonrisa, y volvió bruscamente a su puesto junto a la ventana.

—¡Ah, caramba! —Al instante se echó hacia atrás y giró sobre los muy altos tacones de sus zapatos de satén—. No he oído las ruedas del coche. Santo cielo, ya está aquí el conde, y ha traído con él a lord Apsley.

El sonido de la aldaba de bronce al golpear la base resonó por toda la casa como un disparo de pistola.

Elizabeth atravesó volando la sala, cogió a Anne del brazo y la llevó corriendo hasta el sofá, la sentó y se acomodó a su lado.

—Señora Polkshank, el té.

—No, no. Ponche de arak —dijo lady Upperton.

Y diciendo esto, y con los ojos azul claro tormentosos, fue a sentarse de un salto en el sillón de orejas enfrente de la tía Prudence.

—¡Espere! —exclamó Anne, aunque en un susurro—. Coñac. Eso fue lo que bebieron anoche.

—Sí, señorita Anne, eso es mejor aún. A los hombres les gusta su coñac, lo sé por experiencia.

Después de pincharse orgullosamente el pecho con el pulgar, la señora Polkshank salió a toda prisa de la sala.

El alboroto no despertó a la tía Prudence. Ni siquiera se le movieron los párpados. Su respiración continuó lenta y pareja, emitiendo un suave silbido por su larga nariz con cada espiración.

Pasado un instante apareció MacTavish en la puerta con los caballeros visitantes, pero se quedó detenido en silencio, y miró a lady Upperton, luego a la tía Prudence y finalmente a Elizabeth y Anne.

Era evidente que el dispéptico y malhumorado escocés, al que contrató la tacaña hermana mayor, Mary, también sin una sola recomendación, no sabía a cual dama nombrar primero. Entonces Anne vio, horrorizada, que él movía los labios, como diciendo en silencio: «Ah, mierda».

—Mis señoras, el conde de MacLaren y el vizconde Apsley.

Al instante las damas se levantaron, con la excepción, claro, de la tía Prudence, que continuó durmiendo.

Infierno y condenación, masculló Laird para sus adentros.

Se llevó la copa a los labios y se bebió el resto del coñac. Llevaban ahí casi media hora soportando la cháchara trivial y la patrocinadora, lady Upperton, no se había apartado ni un solo instante del lado de la señorita Royle.

Había llegado el momento de poner fin a esa farsa. En todo caso, todos los presentes sabían la verdad acerca del compromiso. Era el momento de actuar.

—Señorita Royle —soltó, y la voz le salió más alta de lo que quería—, necesito hablar con usted, por favor.

Lady Upperton estaba metida entre él y la chica, pero antes que la anciana pudiera abrir la boca para protestar, alargó la mano por delante de ella, cogió a Anne por el brazo y de un tirón la acercó a él.

—Por favor.

Elizabeth se levantó para intervenir, pero Anne se lo impidió con un gesto.

—No pasa nada, de verdad.

Lo miró con esos extraordinarios ojos dorados y durante unos buenos segundos él olvidó totalmente lo que iba a decir.

—Por aquí, milord —dijo ella y echó a andar hacia el corredor.

Su intención, sin duda, era llevarlo a otra sala, pero él la detuvo en la puerta.

—Tengo un plan —le dijo, tratando de parecer seguro de que su plan iba a dar resultado y que ella no tenía nada que temer—. Uno que nos beneficiará a los dos, se lo aseguro.

La señorita Anne sonrió, con una verdadera sonrisa, y luego exhaló un suspiro de inmenso alivio.

—Ah, menos mal, que ha visto que llevo la razón en eso.

—¿La razón en qué?

—En que yo rompa el compromiso, desde luego.

—Ah, eso. Sí, estoy de acuerdo.

La señorita Royle relajó sus delicados hombros.

—Me siento muy aliviada. No se lo puede imaginar.

Laird le puso un dedo atravesado sobre los labios, silenciándola.

—Sólo que no puede romperlo todavía.

Ella le cogió la mano y le apartó el dedo.

—Ah. ¿Cuándo, entonces? ¿El viernes? El *Times* sale los sábados. No me cabe duda de que al columnista de cotilleos le encantaría contar la historia de nuestro efímero plan de casarnos.

—Puede romper el compromiso al final de la temporada. Creo que eso daría tiempo suficiente.

Dos manchitas rosa iguales aparecieron en su cara repentinamente furiosa.

—¿Al final de la temporada? Eso es imposible, milord. ¿Cuántas temporadas cree que me quedan antes que se me considere marchita y demasiado vieja para casarme?

Él se encogió de hombros, seguro de que cualquier número que dijera, cualquier palabra que pronunciara, sólo la enfurecería más.

—Bueno, yo se lo diré, milord. No me queda ni una. Ni una sola, si deseo casarme en esta vida.

Metió la mano en el bolsillo de la falda, sacó el anillo de compromiso que había guardado ahí, y se lo puso bruscamente en la palma.

Él le cogió la mano y volvió a ponerle el anillo en el dedo.

—Lamento que esto estorbe su empresa de cazar marido en esta temporada, pero de verdad creo que no tiene otra opción, señorita Royle.

—Vamos, es usted un arrogante. Pues claro que tengo otra opción. Y no aceptaré.

Lo miró desafiante alzando el mentón.

—Aceptará. —Rodeándole la delgada cintura con una mano, por la espalda, la llevó en dirección a la puerta de la calle—. Vamos, querida mía. Fuera tengo algo que deseo enseñarle. Creo que eso podría convencerla.

Aunque ella caminó a su lado sin poner dificultades, intentó desprenderse de su mano en la cintura.

Él abrió la puerta y con un gesto señaló su reluciente coche de ciudad que esperaba en la calzada.

—Véalo con sus propios ojos, muchacha.

Moviendo un dedo, Laird le indicó al lacayo que abriera la portezuela del coche.

—Juro que no existe nada en el mundo que me pueda inducir a cambiar de opinión, sobre todo ahora, ¡bruto! —ladró ella, y se giró a mirar hacia la calle.

En el instante en que se abrió la puerta del coche y la linterna del lacayo iluminó el interior, la señorita Royle dejó de moverse para zafarse de la mano de él y se quedó absolutamente inmóvil.

Instantáneamente desapareció el color que le había subido a las mejillas y se quedó totalmente pálida.

—A excepción de «eso» —concedió.

Capítulo 6

Cómo atrapar arañas

Anne contempló incrédula el interior del coche del conde; en él estaban los tres Viejos Libertinos de Marylebone sentados frente a un corpulento agente de Bow Street que blandía una porra. Los tres ancianos vestían totalmente de negro, y en ese momento estaban atados como gallinas a punto de ser puestas a asar sobre un fogón.

El conde retiró la mano de su cintura.

—Entonces estamos de acuerdo, ¿señorita Royle? ¿Me va a ayudar hasta el final de la temporada? Supongo que mis necesidades no se extenderán hasta después.

Anne apartó la mirada de los Viejos Libertinos y miró furiosa al conde, que estaba a su lado.

—No sé cómo ha podido hacer esto, pero está claro que cree que me tiene atrapada y que no tengo otra alternativa que acatar sus dictámenes.

—Lo ha entendido correctamente —dijo él, y se aclaró la garganta—. Aunque sí tiene dos opciones.

Anne se cruzó de brazos.

—¿Tantas?, ¿dos?

—Podemos continuar aquí mientras le explico por qué los

tutores suyo y de su hermana van de camino hacia Bow Street para que los interroguen esta noche. Pero detallarle los acontecimientos podría llevar cierto tiempo, y quién sabe quién podría andar por aquí.

Miró teatralmente de un lado a otro, como si estuviera examinando la plaza en busca de intrusos.

—¿Cuál es mi segunda opción? —bufó ella.

—Puede simplemente aceptar hacerse pasar por mi prometida hasta que termine la temporada, y los Viejos Libertinos quedarán libres. Elija esta opción y pasaremos inmediatamente a hablar de lo que requiero de usted.

—Ay, buen Dios —suspiró Anne, y gritó al agente de Bow Street—: ¡Deje a un lado esa cachiporra y suéltelos, por favor! —Volvió la mirada al conde—. ¿Ahora podemos entrar todos en la casa?

Él se puso la mano detrás de la oreja.

—Con su perdón, no la he oído decir...

—De acuerdo, estoy de acuerdo. Haré lo que sea que me pida. —Miró a uno y otro lado de la plaza para asegurarse de que nadie de importancia hubiera oído la conversación—. Por favor, milord, entremos todos.

—Faltaría más, cariño mío. —Sonriendo de oreja a oreja, el conde le hizo un gesto al agente de Bow Street—. Suéltelos.

Lord Lotharian se estaba friccionando la irritada piel de las muñecas con el ungüento que le puso la criada Cherie.

—La culpa de que nos capturaran fue totalmente de Gallantine —dijo—. Yo acababa de salir por la ventana del dormitorio cuando él pasó balanceándose y se nos enredaron las cuerdas como una maldita tela de araña.

—¿Crees que lo hice a propósito? Lilywhite bajó mi cuerda demasiado rápido. O me agarraba de ti o me destrozaba los huesos con la caída.

La gorda cara de Lilywhite brilló como un faro.

—Fue tu grito de niñita escolar lo que atrajo a los agentes. Así que estoy de acuerdo con Lotharian. La culpa es tuya Gallantine.

El conde se echó a reír.

—En realidad, los agentes ya estaban en el jardín. Los contraté para que vigilaran la casa por si entraban intrusos, ya que al personal se le dio la noche libre.

—¿Y por qué tenía que haber guardias vigilando la casa? —preguntó Anne.

Lord MacLaren bajó la cabeza y se miró las manos; estaba claro que no deseaba contestar.

Apsley le puso la mano en el hombro.

—A su padre lo atacaron y mataron hace justo un año unos matones que entraron a robar. Saquearon la casa, y esto mismo volvió a ocurrir hace sólo una semana, justo antes que Laird la abriera para la temporada. Yo mismo hice la denuncia. Pasaba por allí cuando vi luces en el interior. Pensé que MacLaren había llegado antes de lo que yo esperaba, pero no. Todo en la casa estaba revuelto, patas arriba, un maldito desorden. Había papeles por todas partes.

—Un momento, por favor —dijo Elizabeth, que miró a Laird y le preguntó amablemente—: ¿Unos ladrones mataron a su padre?

Laird asintió, lentamente.

—Es probable que los sorprendiera nada más entrar, porque no se llevaron nada de valor. Más o menos, supongo, como los agentes los sorprendieron a ustedes tres esta noche, ¿eh?

—¿Más coñac, milord? —ofreció MacTavish, aprovechando la momentánea pausa en la conversación.

Laird puso la copa para que se la llenara y continuó:

—Al volver a casa después de llevar a mi madre a la velada musical de lady Fustian, imagínense mi asombro cuando uno de los agentes me llevó al jardín, y justo en ese momento vi que Lilywhite se estaba dejando caer del techo mediante un extraño artefacto.

—Era una grúa con jaula para carga que compré en un puerto de las Indias Occidentales —explicó lady Upperton sonriendo de oreja a oreja—. Bueno, no exactamente esa grúa sino una adaptación mía en miniatura que permite más movilidad vertical.

—Para el allanamiento de morada. Esta claro que los cuatro, porque parece que debo incluirla a usted también, lady Upperton, dedicaron bastante tiempo a planear este allanamiento. Se podría pensar que el premio sería muy importante.

Lotharian y los otros dos libertinos se miraron disimuladamente.

Laird se levantó, se metió la mano en el bolsillo de la chaqueta y sacó una especie de abrecartas de marfil.

—Sin embargo, lo único que se sacó de mi casa es este pequeño abrecartas, o tal vez plegadera pequeña para separar páginas, que al parecer estaba debajo de un tablón suelto de mi dormitorio.

Comprendió que las hermanas Royle no habían visto el abrecartas; estaban mirando el objeto con curiosidad y cambiando de posición para verlo mejor.

Hizo girar el abrecartas en la palma una y otra vez, consciente de que todos tenían los ojos fijos en él.

—Esto me ha llevado a creer que el abrecartas, o la plegadera, tiene más importancia que su utilidad para abrir cartas o separar las páginas de un libro.

Lotharian se acercó a Laird con la mano extendida hacia el abrecartas de marfil.

—¿Me permites...?

Laird arqueó una ceja.

—¿Me equivoco? Me dijeron que este objeto se lo encontraron a usted, lord Lotharian. Seguro que lo ha visto.

—Bueno, claro que lo he visto. Es mío.

Diciendo eso alargó la mano para cogerlo, pero Laird lo puso fuera de su alcance y luego se lo metió en el bolsillo.

—¿Ah, sí? Entonces, por favor, milord, dígame qué es lo que hay grabado en el marfil.

Lotharian se llevó el dorso de la mano enrojecida a la frente y exhaló un triste suspiro.

—Ay de mí, no lo recuerdo. Soy un hombre viejo. Me falla la memoria.

Anne se interpuso entre Laird y Lotharian.

—Basta de jugar al gato y al ratón. Le dije que haría lo que fuera que me pidiera, milord. Devuélvaselo, por favor, si no es suyo.

—No he dicho que sea mío —contestó él. Observándole la cara, cogió el mango del abrecartas y se lo sacó del bolsillo—. Pero podría ser suyo, señorita Royle.

—¿Mío?

Laird le cogió la mano, se la giró, le abrió la palma y le colocó encima el abrecartas.

—¿Lo ve? Ah, hay otras letras y números también, pero mire ahí, cerca del borde del mango.

Ella agrandó sus ojos dorados. Girándose, corrió hasta el hogar y puso el abrecartas a la parpadeante luz de las velas del candelabro.

—Royle. —Miró hacia su hermana—. Elizabeth, ven a ver esto.

Elizabeth corrió a ponerse a su lado. Cogió el abrecartas, lo miró a la luz y se giró hacia el grupo.

—Tiene razón, lord MacLaren. Esto debió pertenecer a mi padre. Está grabado su apellido en el borde. —Entrecerró los ojos—. Pero ¿por qué estaba escondido debajo del tablón de su dormitorio?

—Yo tenía la esperanza de que Lotharian pudiera iluminarnos. Porque está claro que él sabía que estaba ahí.

Dirigió una acerada mirada al anciano.

—Por mi honor, yo no sabía que estaba ahí —dijo Lotharian, sosteniendo la mirada de Laird con sus penetrantes ojos grises.

Laird avanzó un paso hacia él, con la esperanza de intimidarlo. El anciano era alto y de hombros anchos, más o menos como él, pero con los años se habían reducido los músculos que en otro tiempo definieron su cuerpo, su físico. Lotharian ya no representaba una amenaza; pero el viejo era astuto, una leyenda entre los jugadores del White y del Boodle.

—¿Me toma por idiota, Lotharian? Entró en mi casa por la ventana de mi dormitorio, levantó el tablón y sacó el abrecartas.

Apsley emitió una risita.

—Bueno, es evidente que sabía que ahí había algo. Y parece que el abrecartas de marfil fue lo único que consiguió sacar.

—No sabía que estaba ahí, no sabía de la existencia del abrecartas —terció Elizabeth. Puso los ojos en blanco, frustrada—. Creía, todos creíamos, que había «cartas» debajo del tablón.

Al darse cuenta de que había metido la pata, se golpeó la boca con la palma de la mano y no dijo nada más.

—¿Cartas? ¿Qué cartas? —Laird miró fijamente a cada uno, esperando una respuesta, pero sólo se encontró ante caras sin expresión. Suavizando la mirada se giró hacia Anne—. Señorita Royle, ¿usted me lo dirá?

Anne se apartó de la repisa del hogar y caminó lentamente hasta situarse a un lado de Laird.

—Cartas a Maria Fitzherbert, del príncipe de Gales.

—¡No, querida! —exclamó lady Upperton—. No digas nada más.

—No, creo que debe saberlo. Después de todo, seguro que acabará por escuchar lo que comentan en susurros en la sociedad, si es que no lo ha oído ya. —Alzó el mentón, de esa manera adorable que él había visto en ella antes de decir algo más osado de lo que acostumbraba por su naturaleza—. Los Viejos Libertinos están convencidos de que su padre se apoderó de varias de las cartas que el príncipe le escribió a Maria cuando estuvieron separados un tiempo al comienzo de su relación.

Laird emitió un bufido y se echó a reír, pero nadie lo acompañó en su risa.

—¿Para qué se iba a apoderar de esas cartas mi padre? La sola idea es absolutamente ridícula. Es de dominio público que el príncipe regente odiaba a mi padre de todo corazón.

—Porque, muchacho, no siempre fue así —dijo Lilywhite—. Al igual que Lotharian, Gallantine y yo, tu padre fue en un tiempo amigo íntimo de Prinny.

Se llevó la copa a los labios y bebió un poco de coñac, como si quisiera prepararse para algo, o tal vez esperando que otro dijera algo más.

Este fue Gallantine:

—Eso es cierto. Durante un tiempo, tu difunto padre fue amigo íntimo de Prinny. Era tan absoluta su lealtad que el príncipe le confiaba la tarea de llevarle sus cartas más privadas a su esposa católica secreta, Maria Fitzherbert. Hasta que, según dicen algunos, su ambición pudo más, y en lugar de entregarle algunas cartas a Maria se las guardó. Dice el rumor que las escondió para usarlas con el fin de influir en el Parlamento. Me parece que hay quienes creen que esta acusación estaba bien fundada, que no era sólo una insinuación. Esto, creo yo, podría haber marcado el comienzo del distanciamiento entre el príncipe y tu padre.

El trago de coñac que acababa de beber Laird le pasó de la boca a los pulmones en lugar de al esófago, provocándole un acceso de tos.

—¿Qué, qué locura es esta?

Lotharian le hizo un gesto a Lilywhite para que se apartara del sillón enfrentado al de la tía Prudence, y le indicó a Laird que se sentara ahí.

—Siéntate, MacLaren. Esto es difícil de digerir. No sabías nada de esto, ¿verdad?

Laird negó con la cabeza. No le encontraba sentido a nada de eso. Tenía que ser un error.

—Una vez tu padre le hizo un enorme servicio al príncipe, algo que podría haberle granjeado las simpatías de la Corona de por vida. —Apoyado en su bastón, Lotharian caminó hasta el sofá y se sentó al lado de lady Upperton—. ¿Deseas saber esto? Pues te lo diré, aunque es posible que cuando termine haya cambiado tu opinión sobre tu difunto padre, y no para mejor.

—Lo deseo —dijo Laird, inclinándose y apoyando los codos en los muslos; no quería perderse ni un instante de esa increíble revelación—. Dígamelo.

Lotharian asintió, y una vez que el mayordomo volvió a llenarle la copa, continuó:

—Cuando el rey estaba soportando su primera delicuescencia prolongada de la mente...

—Cuando se volvió loco —aclaró lady Upperton.

—Bueno, entonces, como iba diciendo, Pitt, el primer ministro, consiguió silenciar la gravedad del estado del rey para proteger su lugar en el Parlamento.

—¡Lo encubrió! —terció lady Upperton, moviendo un dedo—. Ordenó a uno de los médicos que escribiera un informe optimista sobre su mejoría, en lugar de decir la verdad.

Lotharian gimió y continuó:

—Tu padre se puso de parte del dirigente *whig* Charles James Fox, cuya fuerza en la Cámara iba en aumento. MacLaren y Fox no tardaron en convertirse en la fuerza impulsora para convencer al Parlamento que votara para aprobar un acta de ley que nombraba regente al príncipe de Gales.

—Ah, pues, hablemos claro —sugirió lady Upperton—. Los «sobornaron», aunque de cara al público el dinero se dio en forma de pensiones y regalos.

—Esto... gracias, lady Upperton —musitó Lotharian—. Prinny dejó claro a Fox y a tu padre que deseaba hacer público su matrimonio con Maria Fitzherbert, que era católica. Pero mientras gobernara el rey eso era imposible. Pero si se lograba que el Parlamento aprobara la ley que transfería el gobierno al príncipe, este creía que podría reconocer su matrimonio con Maria.

—Claro que eso no ocurriría jamás —interrumpió nuevamente lady Upperton—, porque si se revelaba el matrimonio ilegal del príncipe con Maria, toda la nación se habría escandalizado.

—Exactamente —terció Gallantine, rascándose enérgicamente la frente por debajo de la peluca—. Cualquier propuesta parlamentaria para apoyar al príncipe habría estado condenada al fracaso. Pero si al príncipe lo hacían regente, la influencia de Fox y de tu padre en el Parlamento sería ilimitada, tendrían asegurados sus futuros.

—Yo creo que eso era la única motivación que necesitaban —añadió Lotharian, recuperando la palabra—. No se sabe cómo, pero «desapareció» la prueba que Pitt aseguraba poseer del matrimonio secreto del príncipe. Fox proclamó que esa historia del matrimonio era una calumnia. Y poco después, debido en gran parte al trabajo de tu padre, se aprobó la ley que nombraba regente al príncipe.

Laird estaba atónito.

—¿Quiere decir que mi padre fue el responsable de que se tranfiriera el gobierno del rey al príncipe de Gales?

—Bueno, sí, en gran parte —contestó Gallantine, echándose más atrás aún la peluca castaño rojiza, dejando ver parte de su sudorosa cabeza—. Pero lo hizo en el más absoluto secreto. Lo que consiguieron él y Fox fue nada menos que milagroso. Pitt y sus partidarios habían luchado una larga y dura batalla para mantener la imagen del rey y fortalecer su posición en el Parlamento. Pero el ingenio y la astucia de tu padre ladearon la balanza a favor del príncipe.

Apsley caminó hasta el hogar y apoyó la espalda en la repisa.

—Pero Prinny nunca hizo público su matrimonio con Maria.

—No —contestó Anne en lugar de Gallantine—. Era un hombre débil, y cedió a la presión para casarse con otra a cambio de que le pagaran las deudas. —Miró a Laird a los ojos—. Por eso son tan importantes las cartas o cualquier otra prueba que poseyera su padre.

—No lo entiendo —dijo Laird, y miró a Apsley, seguro de que se había perdido algo.

—¡Puñetas! —exclamó éste, mirando atentamente a las hermanas—. ¡Ustedes son esas chicas! ¿Lo recuerdas? Cuando veníamos de camino te dije que me sonaba mucho su apellido.

Elizabeth fue a ponerse al lado de Anne y le cogió la mano, como para apoyarse.

—¿Sabes quiénes son? ¡Son las «hermanas Royle»!

Apsley parecía más y más fascinado, esperando que Laird hiciera la conexión. Pero este seguía sin entender.

—He estado de luto un año, Apsley, por mi hermano y luego por mi padre. He estado en Saint Albans, en el campo, no en Londres. Así que si hay algo que deba saber acerca de la familia Royle, dímelo.

—¡Buen Dios, MacLaren! Es el cotilleo más jugoso que hace batir las lenguas de los aristócratas de Londres. La señorita Anne y la señorita Elizabeth son...

—Se ha rumoreado —interrumpió Anne, para redondear la explicación— que Maria Fitzherbert estuvo embarazada. Hay indicios que apuntan a la posibilidad de que nosotras seamos el resultado de su embarazo. Trillizas, las hijas secretas del príncipe de Gales y Maria Fitzherbert.

Laird la miró fijamente. Las cosas que estaba oyendo en esa casa se iban volviendo más estrafalarias momento a momento.

—Pero si ustedes son las hijas del príncipe, eso significaría que, por la sangre al menos, son...

—Princesas —terminó lady Upperton, sonriendo de oreja a oreja, entusiasmada—. ¡Sí! Ahora entiendes por qué esas cartas son tan importantes para nosotros.

Eso era demasiado, su mente no era capaz de asimilarlo. Condenación. ¿Con quién se había liado la pasada noche?

¿O tendría razón Apsley cuando dijo que las hermanas y los Viejos Libertinos lo habían marcado como un blanco? ¿Podrían haberse abierto paso engañosamente y a propósito para meterse en su vida?

No, no, eso era tan estrambótico que no podía creerlo. Todo en sí lo era.

Le comenzó un sordo dolor en las sienes. Levantó su copa hacia MacTavish.

—Sírveme otro coñac, hombre; de prisa, por favor. —Entonces movió la muñeca apartando la copa y deteniendo al mayordomo—. No, espera.

—Sí, milord —dijo el mayordomo volviendo a poner la botella en la bandeja—. ¿Ha cambiado de opinión sobre una copa de coñac, señor?

—Sí. Simplemente pásame el maldito decantador.

Capítulo 7

Cómo limpiar manchas

Ah, no, masculló Anne para su coleto. No más largas. Ya no soportaba más la espera a que la obsequiaran con los detalles de su destino como mujer comprometida.

Se apresuró a interceptar a MacTavish antes que este lograra entregarle el decantador al conde. Entonces cogió firmemente, entre el índice y el pulgar, el cuello de la botella de cristal tallado y la dejó sobre la mesita.

—Lord MacLaren, no querría negarle una libación a una visita, pero aún tenemos mucho que hablar. Supongo que las historias que ha oído esta noche acerca de su padre le eran en gran parte desconocidas, pero usted, milord, posee información que todavía es deconocida para mí. Me agradaría muchísimo que me la comunicara.

—Perdón, no le he entendido, señorita Anne.

El conde parecía confuso, pero vamos, a ella no la engañaba; sabía muy bien a qué se refería.

—Ah, porras —exclamó Elizabeth, juntando las manos sobre el pecho—. Desea saber los odiosos detalles del compromiso.

—Ah, sí, eso.

—Lord MacLaren, no deseo retrasar ni un día más nuestra

conversación. Ya ha sido bastante fastidioso esperar todo el día y varias horas de la noche. —Se cogió la falda a los costados y apretó las manos, arrugando la tela—. Por lo tanto, puesto que sé lo importante que es que conserve la cabeza despejada hasta después que hayamos hablado de esas cosas, ¿tal vez aceptaría una taza de té Bohea en lugar de coñac?

El conde estuvo un momento con la frente apoyada en la mano, y ella habría jurado que lo oyó gemir suavemente.

—Reconozco que mi mente se ha distraído totalmente al oír la historia de los actos de mi padre en el pasado.

Desvió sus ojos azul cobalto de Anne y miró a Lotharian.

El conde tenía los labios apretados formando una fina línea, y por primera vez Anne dudó de la prudencia de haberle revelado la participación de su padre en el misterio acerca de su linaje.

—Si bien son perturbadores los detalles de la implacable ambición de mi padre de triunfar en el Parlamento —logró decir lord MacLaren casi sin mover los labios—, no pongo en duda su relato, señor, en lo más mínimo. Mi familia ha sufrido mucho tiempo a causa de las elevadas ambiciones políticas de mi padre y su disposición a sacrificar a cualquiera y cualquier cosa para hacerlas realidad.

Apsley emitió una risa nerviosa ante ese comentario.

—Bueno, bueno, no nos obsesionemos con el pasado, digo siempre. ¿Sabes?, creo que nuestra caminata hasta aquí me ha enfriado. ¿A ti no, MacLaren? —Se frotó enérgicamente las manos ante el fuego inexistente del frío hogar, como para calentárselas—. Estoy totalmente de acuerdo con usted, señorita Royle. Un té es justo lo que necesitamos para calentarnos el cuerpo. Gracias.

Del corredor llegó el tintineo de tazas y platos. Anne miró hacia la puerta y justo en ese instante apareció Cherie, la silenciosa criada para todo, trayendo una bandeja con una tetera humeante, galletas, servilletas y delicadas tazas de té azules y blancas.

Inmediatamente MacTavish fue a coger la bandeja de manos de la pequeña criada y comenzó a disponerlo todo sobre la mesita.

Anne nunca había logrado entender cómo la silenciosa criada siempre sabía los deseos o necesidades de la familia antes que le dijeran nada, pero los sabía. Esa capacidad aparentemente preternatural para anticiparse a los deseos, junto con sus callados y amables modales, la habían convertido muy pronto en un miembro esencial del personal de la casa.

Antes de retirarse de la sala, Cherie avanzó un paso y miró fijamente a Anne, hasta captar su mirada; entonces miró hacia la taza separada de las demás. Ella hizo lo mismo, y vio que era la que tenía una grieta que bajaba desde el borde. Esa taza tenía que ser para ella, para evitar que el conde se percatara de la necesidad de su familia de economizar siempre que fuera posible.

Con un gesto de asentimiento le dio las gracias a Cherie y entonces, siendo la mayor de las hermanas presentes, asumió el papel de la madre y comenzó a servir el té. Cuando llegó el momento de servirle al conde de MacLaren, le tembló ligeramente la mano, haciendo tintinear la taza sobre el platillo.

Él alargó la mano como para coger el platillo con la tintineante taza, pero en lugar de hacerlo le guió la mano hacia la bandeja. Ella lo dejó ahí y luego lo miró.

—Sinceramente, señorita Anne, sólo necesito una cosa —dijo dulcemente, porque al parecer la conversación sobre su padre le había agotado el ánimo de lucha de las extremidades y el vinagre de los labios—. Concédame unos pocos minutos a solas, si me hace el favor, para que podamos hablar de las condiciones de nuestro compromiso, como me ha pedido. No es mi deseo que sufra más fastidio.

—Ah, muy bien, entonces —dijo ella asintiendo.

Acto seguido, disculpándose ante los presentes, llevó al conde por el oscuro corredor hasta la biblioteca.

La puerta de la biblioteca ya estaba abierta y la parpadeante luz de las velas iluminaba suavemente las librerías que recubrían las paredes. En el hogar ardía un fuego de carbón recién encendido. Anne no pudo dejar de curvar los labios en una leve sonrisa: Cherie había estado ahí, tal vez incluso antes de llevar el té.

—Señorita Anne —dijo el conde, en el preciso instante en que ella abría la boca para invitarlo a sentarse en un sillón—. Permítame comenzar por pedirle que evite pasar momentos a solas con mi madre.

—¿Con su madre? No entiendo.

—No podemos permitir que se entere de su verdadero motivo para entrar en mi dormitorio. Aunque yo tenía mis diferencias con mi padre, deseo que ella conserve la amorosa imagen que tiene de su marido. Enterarse de sus estratagemas políticas le estropearía sus recuerdos de él. —Levantó la mano para impedir el montón de preguntas que suponía que le haría ella—. Le aseguro que no será tarea fácil evadir la compañía de lady MacLaren. Ya siente muchísima curiosidad por usted, y es francamente formidable. Va a desear conocerla mucho mejor y con toda seguridad se va a imponer la tarea de enseñarle y guiarla de la manera más eficaz posible para establecer su lugar en la alta sociedad.

Anne le hizo un gesto hacia un sillón cerca del hogar, pero él no hizo ni caso del amable ofrecimiento. Con el ceño fruncido comenzó a pasearse nervioso a todo lo largo de la alfombra turca, dándole otro atisbo de sus anchos hombros.

Buen Dios, ¿qué tendría que confesar para estar tan agitado? Recelosa, fue a sentarse en el otro sillón cerca del hogar, y lo siguió con la mirada.

Bueeeno. Su sastre era excelente, concluyó, porque la chaqueta se adaptaba a la perfección a su musculoso cuerpo; también las calzas; una confección espléndida. Vamos, no sabría decir si la definición de sus muslos era real o un ingenioso truco de cortesía de su sastre. Aunque claro, había sido bendecido con un cuerpo hermoso, de eso no cabía duda. Estaba bien hecho, bien hecho, en efecto.

—¿Señorita Anne?

Levantó la vista. Él había dejado de pasearse y estaba detenido ahí, mirándola.

—¿Sí, milord?

—¿Ocurre algo?

Y tras decir eso se miró, como para comprobar si tenía bien abotonada la bragueta de las calzas.

—Ah, no, no, milord.

Bajó la mirada a sus manos y estuvo así un momento, con la esperanza, bastante ridícula tal vez, de que él no hubiera notado su... esto, su apreciación de la habilidad de su sastre.

Cuando volvió a mirarlo vio que estaba muy ceñudo, como si sus oscuras cejas estuvieran resueltas a juntarse sobre el puente de la nariz.

Caracoles. Se encogió de hombros.

—Me ha cogido; estaba sumida en mis inquietos pensamientos. Le ruego me disculpe, lord MacLaren.

—Laird, por favor —dijo él y exhaló un suspiro—. Cuando murió mi padre estábamos distanciados. Cada vez que me llaman «lord MacLaren» lo siento como una palmada en la mejilla. Así que, por favor, al menos cuando estemos solos, llámeme Laird.

Laird. Fuerte. Un líder. Duro, áspero.

Ah, pues, el nombre le sentaba tan bien como su ropa. Lo definía muy bien. Pero, bueno, encontraba casi descocado llamarlo por su nombre de pila, tutearlo. A no ser que... el trato fuera recíproco.

Lo miró por entre las pestañas entornadas, sintiéndose extrañamente coqueta.

—Tal vez si usted me tutea y me llama Anne. ¿De acuerdo?

—De acuerdo —repuso él. Entonces una sonrisa sesgada le curvó los labios—. Aunque después que oigas las condiciones del compromiso comprenderé muy bien que me llames con cualquier cantidad de palabras subidas de tono.

Anne se estremeció por dentro, recordando que era un libertino, y que en los libertinos no se puede confiar jamás.

—Milord.

—No, muchacha —dijo él con un afectado tono cantarín escocés—. Introduce un poco más de escocés en tu pronunciación. Laird, no lord. —Le hizo un gesto con la mano como si quisiera que ella se levantara o algo así—. Inténtalo ahora. Adelante, «milaird».

Anne sintió subir el calor a la cara. Tragó saliva y se obligó a no hacer caso de ese travieso juego y continuar con lo que tenía pensado decir:

—Laird, no tengo el don para el teatro. Detesto que me presten atención; me asusta. Y lo que me pide, pides..., bueno, no sé si puedo hacerlo.

—Y, sin embargo, ya has hechizado a tu público. —Echó a caminar, atravesó la biblioteca y fue a arrodillarse ante ella.

—Anne.

Santo cielo. Sintió pasar un estremecimiento por los brazos y las piernas. No le iría a pedir la mano en matrimonio, ¿eh? Y todo para evitarle una vergüenza a su madre.

No, eso era demasiado. Se le contrajeron los músculos de las piernas, y cambió de posición en el sillón, calculando si podría levantarse y pasar junto a él.

Él captó su intención al instante y se apresuró a poner una mano en cada brazo del sillón, impidiéndole cualquier intento de escapar.

—¿Para qué el engaño? —gimió—. Comprendo tu deseo de proteger a tu madre de la vergüenza de enterarse de la falsedad de nuestro compromiso...

Él estaba negando con la cabeza y, sin saber cómo, ella se encontró con la atención centrada en el hoyuelo de su mentón.

—Sí que deseo protegerla —dijo él—, ya ha soportado bastante. Pero es «por mí» que te pido que te hagas pasar por mi prometida. No por nadie más.

A la luz dorada de las velas las motas de polvo volaban por el aire semejantes a luciérnagas en la noche.

Incluso los ojos de Anne brillaban como un marco dorado alrededor de un espejo, reflejando solamente la oscuridad de su chaqueta. Su pecho subía y bajaba con la respiración y Laird tuvo que hacer acopio de toda su presencia de ánimo para mirarla solamente a los ojos y no su cuerpo.

Sólo un momento antes, cuando puso las manos sobre los brazos del sillón, le pasó por la cabeza el pensamiento de que su repentina cercanía la perturbaba. Ya no estaba tan convencido, porque el rubor que subió a sus mejillas lo instó a reexaminar su apresurada conclusión.

—¿Qué quieres decir con «por ti»? —preguntó ella, apenas con un hilillo de voz.

Entonces lo golpeó, como un jarro de agua fría, la ironía del momento.

Ahí estaba, deseando más que nada en el mundo besar a esa hermosa y absolutamente fascinante paradoja de mujer, cuando se encontraba a punto de pedirle que lo ayudara a conseguir la mano de otra.

Bruscamente se echó hacia atrás, apartándose del sillón, afirmó los talones y se puso de pie. Fue a apoyar los codos en la repisa del hogar, porque en ese momento se sentía incapaz de mirarla.

Ella aceptó continuar el compromiso hasta el final de la temporada solamente porque él la obligó; eso no era caballeroso. Había jurado que cambiaría, que se transformaría en un hombre mejor, y lo había conseguido, todo ese año pasado, más o menos. Y esa noche, decididamente menos.

Aprovechó la oportunidad en el instante en que vio a los Viejos Libertinos esposados en el jardín de su casa. Como Lotharian, era un jugador consumado, y sabía que en ocasiones vale la pena arriesgarse, y teniendo tres honores en picas, comenzar el juego con la reina de corazones.

Hizo una inspiración profunda para llenar los pulmones y se ordenó girarse a mirarla a los ojos para hablar:

—Anne, el Laird Allan que abandonó Londres hace más de un año era exactamente como lo que has oído decir: un libertino, un canalla y un Lotharian de la peor clase. No me importaban nada las mujeres cuyos corazones y cuyas reputaciones a veces destrozaba. Era superficial y sólo pensaba en mí mismo y en mi placer. Me gustaba el juego, gozaba con los malvados juegos de la mente, pero más que ninguna otra cosa, disfrutaba humillando a mi padre, el hipercrítico conde de MacLaren, delante de sus iguales.

Anne ladeó la cabeza y estuvo unos segundos mirándolo como si quisiera analizarlo. Finalmente dijo:

—No lo entiendo. Has dicho que sabías lo importante que era para él su fama en la Cámara de los Lores. ¿Por qué deseabas humillarlo?

—Sí, lo sabía. Creo que te he dicho también que estábamos distanciados. —Se rió con una especie de tos para aflojar el nudo que la emoción le había formado en la garganta—. Cuando era un muchacho nunca logré estar a la altura de las expectativas que había colocado en su heredero. Me lo decía continuamente. Cuando entré a estudiar en Oxford ya había renunciado a satisfacerlo. Ya no intentaba ganarme su aprobación ni su respeto. En realidad, hacía todo lo contrario. Hacía lo imposible para destacar en lo que a él más le repugnaba. Bebía y jugaba en exceso. Incluso cortejaba a las esposas de sus amigos, con la sola intención de humillarlo. Y lo hacía muy bien, imagínate.

Anne se puso de pie y lo miró suplicante:

—Me desconciertas contándome todas esas cosas. Por favor, simplemente dime qué esperas de mí.

Joder, ojalá dejara de mirarlo así, toda inocencia y delicadeza, cuando él sabía, por su disposición a entrar en su dormitorio a robar esas cartas, que no era tan inocente como simulaba ser.

—Estoy llegando a eso. Mi mala reputación era bien merecida; lo reconozco francamente.

Ella exhaló un suspiro por lo que, estaba claro, consideraba otro retraso más en la revelación de las condiciones del compromiso.

—Nada de eso es un secreto, Laird. Todo Londres lo sabe.

—Exactamente. Pasado un tiempo mis diabluras ya no irritaban a mi padre. Y, dicha sea la verdad, su aprobación o desaprobación ya no me importaba. Ya era un hombre, no un niño que necesitara una palmadita en la cabeza. Así que juré que dejaría atrás mi mal comportamiento, que me casaría y viviría el resto de mi vida como un hombre bueno y respetable, como mi hermano Graham.

Condenación. Todo eso era condenadamente difícil. Miró hacia uno y otro lado.

—¿Hay coñac por aquí?

Ella se cruzó de brazos.

—No necesitas beber. Necesitas terminar de confesar lo que sea que debes confesar y luego decirme qué exiges de mí.

—Ya me voy acercando —suspiró él.

—Pero no lo bastante rápido. Por favor.

Ella tenía razón en cuanto a lo de la confesión. Necesitaba decirle todo eso a alguien. Simplemente no sabía por qué, después de todos esos años de guardárselo todo, necesitaba que Anne fuera su confesora.

—Como has dicho, Anne, mi mala reputación era muy conocida por todas las damas decentes de la aristocracia. Pero resultó que cuando estaba en Saint Albans conocí a una joven viuda, Constance, lady Henceford.

—Entonces le propusiste matrimonio y ella aceptó, pero después rompió el compromiso cuando por alguna fuente se enteró de tu pasado. —Se le iluminaron los ojos y avanzó un paso hacia él—. ¿Fue así?

—Sí, ella es la mujer que me dejó plantado delante del altar, solo. —Cruzó el espacio que los separaba y sin intención le bajó los hombros de las mangas por los brazos, aunque muy poquito. La oyó ahogar una exclamación—. No era mi intención...

¿O fue su intención? Había hecho eso mismo a tantas mujeres que sinceramente no sabía si había sido realmente una casualidad o si el sinvergüenza que llevaba dentro deseaba hacerlo.

Anne levantó las manos, le retiró las palmas y se subió las mangas cubriéndose los hombros lo mejor que pudo.

—No te preocupes. Las mangas de este vestido se me han estado cayendo toda la tarde.

Entonces, como para restablecer la distancia entre ellos, se giró y echó a caminar hacia la puerta.

—Espera. —Alargó la mano para detenerla pero al cerrarla sólo cogió aire—. Aún no te he dicho lo que necesito de ti.

Anne se detuvo y lo miró por encima de su blanco hombro.

—Pues, sí, me lo has dicho. —Giró el cuerpo hasta dejarlo en el mismo ángulo de su cabeza—. Deseas que yo te redima, que restablezca tu respetabilidad.

A él se le tensaron los nervios, estremeciéndole el cuerpo.

—No eran esas las palabras que esperaba oír.

—Pero he dicho la verdad, ¿no?

Arqueando sus cejas doradas esperó la respuesta.

Laird exhaló un suspiro.

—Sí.

—Y una vez que la sociedad te considere respetable, un hombre de honor, quedaré libre para romper el compromiso. ¿Tengo razón?

—La sociedad debe convencerse de que soy un caballero transformado, que soy digno de ocupar el escaño de mi padre en la Cámara de los Lores, sin duda. Pero no hago esto para demostrar mi valía ante la alta sociedad.

—Entonces, ¿por quién lo haces? ¿Por tu madre? Sé que para ella es importante eliminar la mancha de tu mala reputación.

Arqueó las cejas y lo miró expectante, esperando su respuesta.

—Lo hago por lady Henceford, pues una vez que ella crea que soy honorable y bueno, voy a necesitar ese anillo que llevas en el dedo.

—O sea, que lo único que tengo que hacer es ayudarte a demostrarle al mundo que has cambiado, que te has transformado en un hombre digno, de buena fe. Entonces podré asegurar que aunque eres un hombre bueno, un hombre digno, no puedo casarme contigo porque no te amo.

—O con alguna otra manera de romper el compromiso que no haga recaer la culpa en ninguno de los dos, sí.

La miró sin pestañear, esperando que manifestara su acuerdo con el plan.

Anne se cruzó de brazos y exhaló un largo suspiro.

—¿Deseas que yo haga esto para que lady Henceford te vea bajo una luz más halagüeña y acepte tu anillo de compromiso?

—Sí.

Miró al suelo un momento, esperando ansioso su respuesta.

—Bueno, si eso es todo, tendré preparado el cuchillo de cocina —dijo ella y, sonriéndole traviesa, se giró y salió al corredor.

Capítulo 8

Cómo conseguir una invitación

Cockspur Street

Laird había heredado de su difunto padre un buen número de cosas valiosas. Entre ellas, su elegante casa de ciudad en Cockspur Street; dos magníficos retratos pintados por George Romney, los dos de unas mujeres extraordinariamente bellas (las cuales, no era de extrañar, habían sido en algún momento amantes del príncipe de Gales); una propiedad con su clan en las Highlands de Escocia; una propiedad con su casa de campo algo ruinosa en Saint Albans, y una colección de mapas antiguos de las Cruzadas.

Pero ninguna de esas cosas las valoraba más que a Rupert Festidius, el mayordomo, que, por lo visto, había heredado junto con la casa en Cockspur después de la muerte del viejo conde de MacLaren.

La residencia en Cockspur Street era perfecta para un solterón. Estaba muy bien situada al final de Pall Mall, a sólo un minuto a pie de las hermosas bailarinas del Teatro de la Ópera, y a cuatro minutos de la bebida y el juego en el White.

Por las cosas de que se había enterado la noche pasada podía suponer que su padre valoraba muchísimo que la residencia de Prinny, Carlton House, estuviera situada muy cerca también. Por lo menos podría haber valorado eso antes que el príncipe se convirtiera en el regente. En algún momento, después de ese importantísimo día, seguro que su padre debió lamentar esa proximidad por encontrarla incómoda.

Probablemente el ya anciano mayordomo Festidius no tenía ni idea de los beneficios que aportaba la excelente ubicación de la casa. Rara vez salía, debido, suponía Laird, a que temía que los criados de la casa se desmandaran y no abrillantaran bien la plata o dejaran arrugas en las sábanas de las camas. Pero a él le gustaba bastante que se comportara así.

En su opinión, el elevado criterio de Festidius en cuanto al servicio era insuperable, y el buen gobierno del personal de la casa de Cockspur era un orgullo para él.

En la casa nunca faltaba una buena provisión de coñac, vino y té. Las comidas que programaba con la cocinera eran deliciosas y únicas, sin ser excesivamente onerosas para el bolsillo. El personal admiraba al mayordomo y al parecer trabajaba arduamente para ganarse su aprobación.

No lograba imaginar cómo su padre, siendo un hombre tan frío y egoísta, consiguió ganarse la lealtad del mayordomo. Pero era evidente que se la había ganado. Él tenía la intención de ganársela también y hacer todo lo que fuera necesario para conseguir que Festidius continuara a su servicio.

Por lo tanto, cuando Festidius vino a informarlo, como al nuevo conde, que el personal había dedicado toda la mañana y parte de la tarde a registrar concienzudamente la casa de arriba abajo y no habían encontrado ningún tipo de cartas, ni escondidas ni visibles, él le creyó sin reservas.

De todos modos, también se creía a Lotharian.

No dudaba ni por un instante que, por lo menos durante un tiempo, su padre había tenido en su poder las cartas de que le hablaran los Viejos Libertinos esa noche pasada. Tampoco le cabía duda de que el viejo conde habría tratado de aprovechar cualquier información contenida en esas cartas para obtener algún tipo de beneficio político del príncipe.

Sin duda tuvo que ser un juego osado, arriesgado, el que jugó su padre. Un juego que, dadas las pruebas de su pérdida de influencia en la Cámara de los Lores a lo largo de su vida, le había salido mal.

En todo caso, no le importaba un pepino la mal concebida intriga de su padre. Pero sí le importaba que las cartas ya no estuvieran en la casa.

Esta realidad lo propulsó a ir derecho a su despacho.

Le enviaría un mensaje a Anne inmediatamente para comunicárselo. Tal vez le convenía enviar una misiva a los Viejos Libertinos también, para así impedir toda posibilidad de que realizaran más incursiones nocturnas en su casa vestidos de negro.

Abrió el cajón de su escritorio, sacó una hoja de papel vitela, una pluma, un tintero y se sentó a escribir.

Anne no se sentiría complacida con la noticia; de verdad deseaba encontrar pruebas que confirmaran o refutaran que ella y sus hermanas eran de sangre azul. Pero en ese momento él consideraba increíblemente afortunado que las cartas que contenían esas pruebas no se encontraran en su casa. Ah, no era tan arrogante como para suponer que esa pequeña suerte eximiera a su padre del delito de que lo acusaban los Viejos Libertinos. Sólo significaba que en la casa de Cockspur no había ninguna prueba que demostrara su complicidad.

Buscando las palabras para escribir la nota apretó con fuerza las yemas de los dedos en el puntiagudo extremo de la pluma, manchándoselas con tinta sin darse cuenta.

Anne era una mujer inteligente y detectaría al instante cualquier insinuación de subterfugio en sus palabras.

Debía tener cuidado, mucho cuidado.

Ella tenía que creer que él había ordenado que registraran su casa de ciudad desde la cocina al ático en busca de las cartas, y revisaran concienzudamente todos los rincones y grietas, todas las madrigueras de ratones y los cañones de todas las chimeneas; y que esto lo había hecho «por ella».

No para ocultar la prueba del posible acto de traición de su padre; no para proteger del escándalo a su madre o el apellido de la familia.

«Por ella.»

Miró por la ventana y vio la luz crepuscular. Sólo comenzaba a oscurecer, no era muy tarde. Y cuanto más consideraba la importancia de sus palabras más se convencía de que no era prudente poner por escrito el resultado de la búsqueda.

Podría coger su coche e ir a Berkeley Square a decírselo a Anne en persona. Al ocurrírsele esa idea asintió distraídamente con la cabeza. Sí, decírselo personalmente era la vía más caballerosa, por cierto.

Pasó al salón, lo atravesó, y acababa de asomar la cabeza al vestíbulo para ordenar que le trajeran el coche cuando apareció Festidius como salido de ninguna parte.

—Maldita sea, hombre. Me has quitado por lo menos un año de vida con el susto.

El mayordomo medio calvo se limitó a mirar al frente, no a sus sobresaltados ojos.

—Le ruego me perdone, milord —se disculpó.

—¿Me haces el favor de ordenar que traigan mi coche? Debo ir a Berkeley Square.

—Lo siento, milord, pero su madre ha cogido el coche. Enviaré inmediatamente a un lacayo a buscarle uno de alquiler.

Laird miró fijamente al rígido mayordomo. Puñetas, ¿es que no pestañeaba jamás?

—¿Lady MacLaren ha cogido el coche sin comunicármelo? ¿Adónde ha ido?

—Le ruego me perdone, milord, no sabía que desearía ir a Berkeley Square también. Debería haberle consultado sus planes. Nuevamente le pido disculpas.

Laird lo miró con los ojos entrecerrados.

—¿Quieres decir que mi madre está en Berkeley Square?

—Sí, milord, se marchó poco después de recibir la visita de sir Lumley Lilywhite a primera hora de la tarde.

¿El tutor de Anne? Eso no presagiaba nada bueno.

—¿Lilywhite?

—Sí, milord. Berkeley Square era el destino de lady MacLaren. Es decir, eso fue lo que ella «dijo».

—¿Qué quieres decir con eso, Festidius? ¿Hay algún motivo para que dudes de ella?

—No, no, milord, de ninguna manera. Lo que pasa es que encontré bastante curioso que hiciera cargar una maleta en el coche y se llevara con ella a su doncella, a Berkeley Square.

Infierno y condenación. ¿Qué podía significar eso? Era algo extrañísimo, incluso en su madre.

—Por una casualidad, Festidius, ¿sabes si tenía la intención de visitar a la señorita Royle?

El mayordomo continuó mirando al frente, por encima de su cabeza, como si fuera ciego o estuviera dirigiéndose al mismísimo príncipe regente.

—Creo que mencionó a la señorita Royle, sí, milord. ¿Ordeno que le busquen un coche de alquiler, entonces, milord?

—¡Por las bolas del diablo! —exclamó Laird, pasándose las manos por el pelo—. No hay tiempo. Ordena que traigan mi caballo. ¡De prisa!

De ninguna manera podía permitir que su madre estuviera a solas con Anne.

Podrían escaparse muchísimos secretos irrefutables, secretos de los que él no había tenido ni idea el día anterior.

Berkeley Square

Cuando el mayordomo MacTavish lo condujo a la sala de estar y lo anunció, Laird vio que las cosas eran tal como había temido; no estaban presentes ni Anne ni su madre.

La señorita Elizabeth y la señora Winks, la tía siempre durmiente de las hermanas Royle, estaban acompañadas por lady Upperton y los tres Viejos Libertinos.

—Ya se han marchado, querido muchacho —dijo Lotharian en tono monótono, aunque en sus labios se insinuaba el asomo de una sonrisa—. Se fueron hace una hora. Hace buen tiempo, los caminos están secos. Seguro que ya se encuentran a medio camino de Saint Albans. Ya no les darás alcance.

—No lo entiendo —dijo Laird, haciendo girar el ala de su reluciente sombrero de copa—. Ustedes saben que nuestro compromiso no es otra cosa que simulado, una farsa. Si Anne pasa un tiempo a solas con mi fisgona madre no tardará en revelar su verdadero motivo para entrar en mi dormitorio, y eso irá en perjuicio de todos. Igual ya podría ser demasiado tarde. —Comenzó a pasearse por delante de la puerta—. ¿Por qué se le permitió irse con mi madre?

—Nadie se lo «permitió», milord —explicó Lilywhite—. Fue porque sabía que debía ir, porque las cartas no están en Cockspur. El siguiente lugar lógico para buscarlas sería la propiedad de la familia, MacLaren Hall. Supongo que te das cuenta de eso, MacLaren.

Laird dejó de pasearse y se giró a mirar a sir Lumley.

—Pero si yo aún no le había dicho...

—¿Lo de las cartas? —interrumpió Elizabeth—. Sí, ya sabemos lo de la infructuosa búsqueda. —Se levantó, fue hasta la puerta, lo cogió por el codo y lo llevó a sentarse en el puesto dejado por ella en el sofá, al lado de lady Upperton—. Me imagino que lo supimos antes que se lo dijeran a usted.

—Pero ¿cómo?

Supuso que Elizabeth tomaría otro asiento, pero ella continuó de pie delante de él.

—Lo supimos por la señora Polkshank, nuestra cocinera. A petición de nosotros hizo... esto, una nueva amistad en Cockspur.

—Ah, vamos, anda, díselo, Elizabeth —protestó Lotharian—. Yo le pagué a la señora Polkshank para que se encargara de enviar recado a los Viejos Libertinos de Marylebone si se realizaba una búsqueda de las cartas, o si las encontrabas tú o un miembro de tu personal.

—Pero no se encontraron.

—No, la búsqueda que organizaste fue infructuosa. Pero nos fue muy útil, desde luego. —Giró la cabeza para mirarlo—. Y eso te lo agradecemos, milord.

Lady Upperton le dio una palmadita en el antebrazo, de esa manera apaciguadora que emplean las ancianas.

—Puesto que las cartas no estaban en tu residencia de Cockspur Street, llegamos a la conclusión de que tu padre podría haberlas escondido en algún lugar de MacLaren Hall.

Lilywhite se dio unos tirones en la solapa y curvó la boca en una orgullosa sonrisa.

—Juro que debo ser más encantador de lo que creía. No me costó nada convencer a tu madre de que llevara a Anne con ella a MacLaren Hall inmediatamente.

—¿Así que instar a mi madre a llevar a Anne a Saint Albans fue su motivo para visitarla? —preguntó Laird.

Al instante negó con la cabeza; no necesitaba oír la respuesta. Estaba claro que ese fue el motivo.

—Bueno, durante nuestra deliciosa conversación sobre las próximas nupcias puede que dejara escapar que en cierto modo Anne desconoce los usos de la buena sociedad. Y que le estaría eternamente agradecido si ella pudiera darle orientación a nuestra niña. Al final, creo que lady MacLaren pensó que la idea había sido suya.

—Sir Lumley, aunque no dudo de su «encanto» con las damas, estoy absolutamente seguro de que mi madre invitó a Anne a MacLaren Hall porque ese era el plan que ya tenía desde el comienzo. Reconoció que estaba horrorizada por la forma tan a tontas y a locas como se anunció nuestro compromiso. No tolerará otra vergüenza social. —Suspirando, cerró los ojos. Ya lo tenía todo claro—. ¿Qué mejor manera de encargarse de eso que llevarse a Anne al campo para instruirla en todo lo que se espera de ella como mi prometida?

—En realidad no importa. Anne es una chica muy inteligente. Hará lo que sea que desee tu madre. Pero no te equivoques, MacLaren, ha ido allí por un solo motivo: para buscar las cartas. Y eso, jovencito, es exactamente lo que va a hacer.

Laird se puso de pie.

—Me cuesta creer que Anne accediera a hacer esto. Me aseguró que hacerse pasar por mi prometida es algo que escapa a sus capacidades.

Elizabeth movió la cabeza de un lado a otro y dijo:

—Milord, hasta hace un año, las tres creíamos que un alma desventurada nos había dejado en la puerta de la casa de un médico rural. Anne nunca ha conocido a su familia, no sabe su historia.

—No entiendo qué quiere decir con eso.

—Cuando era niña los niños del pueblo le gastaban bromas y la ridiculizaban por ser tan tímida y vergonzosa. Para evitar eso aprendió a marginarse y no hacer nada que atrajera la atención sobre ella.

—Y sin embargo se marchó con mi madre.

—Sólo porque su deseo de saber por fin quién es supera a su miedo a la atención —explicó Elizabeth. Le cogió las dos manos y se las apretó—. A menos que sepa cómo es crecer sin raíces, sin respetabilidad, lord MacLaren, no la juzgue por algo que no comprenderá nunca.

Laird estuvo un buen rato en silencio y finalmente se despidió y salió para emprender el viaje a Saint Albans.

Elizabeth tenía razón en un punto, él no sabía cómo era vivir sin raíces. Sólo tenía que mirar las paredes de la galería de retratos en MacLaren Hall para ver todo el linaje Allan.

Pero si había algo que sí sabía era lo de vivir sin respetabilidad; y, lamentablemente, también conocía la dolorosa desesperación que produce eso.

Montó en su caballo y hundió los talones. Tenía que dar alcance a Anne antes que hiciera algo que lamentaría después.

Cavendish Square
Esa noche, más tarde

Lotharian se estaba paseando por la biblioteca y se detuvo ante una librería. Distraído pasó las yemas de los dedos por los brillantes lomos de piel, echándoles una ojeada, sin tener pensado ningún título en particular.

—Os digo a las dos que las cartas que buscamos «estaban» en la casa, y es probable que todavía lo estén.

—¿Qué le hace pensar eso, milord? —preguntó Elizabeth.

Estaba toqueteando los mecanismos del servidor de té mecánico de lady Upperton, mientras esta colocaba las tazas para que recibieran el chorro de té caliente.

Antes que Lotharian pudiera contestar, pasó una ráfaga de aire fresco por la sala, crujió el mecanismo que abría la librería que hacía de puerta secreta y esta se movió.

Lotharian se sacó un pañuelo del bolsillo de la chaqueta y se quitó la delgada película de aceite de las yemas de los dedos.

Se giró a mirar, junto con lady Upperton y Elizabeth, y esperó a que entraran Lilywhite y Gallantine y fueran a tomar asiento.

—Le estaba diciendo a Elizabeth que las cartas aún estaban en la casa MacLaren de Cockspur Street hace poco. Así, que en la búsqueda que hicieron seguro que tuvieron que haber encontrado algo.

Lady Upperton movió la palanca y el servidor mecánico hizo un clic y comenzó a avanzar hacia las tazas. Con los ojos agrandados Elizabeth se inclinó hasta dejar la nariz a nivel de la mesita para ver el movimiento del servidor al inclinarse y comenzar a llenar la primera taza.

—¿Cómo puedes estar tan seguro, Lotharian? —preguntó lady Upperton.

—MacLaren hizo registrar la casa —terció Elizabeth—, y por muy libertino que sea me parece que no es el tipo de hombre que mentiría en una cosa así.

—No, no es un mentiroso —dijo Lotharian—. De eso estoy seguro, pero las cartas estaban en la casa hasta la semana anterior a que llegara el joven MacLaren a abrirla para la temporada.

Elizabeth se enderezó y cogió la taza que le pasaba lady Upperton.

—Recuerdo que Apsley dijo algo al respecto la noche en que los sorprendieron a los tres descolgándose con unas cuerdas desde la ventana de la casa MacLaren —dijo, riendo en silencio sobre su taza.

Lilywhite arqueó sus gruesas cejas.

—Eso no demuestra que las cartas siguieran ahí. Lo único que demuestra es que los hombres que entraron en la casa, suponiendo que fueran los mismos, o no encontraron las cartas la primera vez o no las andaban buscando. Todos los diarios de la ciudad pregonaban la fiesta en la casa MacLaren que marcaría el regreso de la familia a Londres. Es lógico suponer que los ladrones dedujeron que puesto que la familia iba a llegar a Londres todavía no estaba ahí y que era una buena oportunidad para saquearla.

Gallantine se aclaró la garganta.

—Sólo que, Lilywhite, por segunda vez no se llevaron nada importante.

—El viejo MacLaren los sorprendió la primera vez y Apsley la segunda. —Lilywhite cogió la taza que le ofrecía lady Upperton y la olió—. Mi querida señora, ¿tendrías un chorrito de coñac?

Exhalando un suspiro de exasperación, la anciana movió la palanca de un lado de donde estaba sentada y de debajo del sofá salió un pequeño y elegante escabel. Colocó sus pequeños pies encima, bajó al suelo y atravesó la biblioteca para traer el decantador de coñac.

—Apsley es un fisgón —comentó Elizabeth—. Creo que no me fío de él. —Le tendió la mano a lady Upperton para ayudarla a subir al escabel y sentarse en el sofá con el decantador—. ¿Acaso no dijo que cuando entró en la casa había papeles por todas partes? Si vio las cartas podría haberlas leído y descubierto su valor. —Agrandó los ojos—. Podría habérselas llevado.

Lilywhite asintió y suspiró de placer cuando lady Upperton le añadió una buena medida de coñac a su té.

—Es posible, Elizabeth —dijo Gallantine, acercando su taza a lady Upperton para que le añadiera licor también—. Pero es más que probable que Anne tenga razón y encuentre las cartas en MacLaren Hall.

—Sí —dijo Lotharian, acercando su taza ya vacía—, me parece que no tenemos otra opción que esperar y desear que Anne tenga éxito en su búsqueda.

Elizabeth exhaló un largo suspiro. Nunca había sido muy buena en eso de esperar, y tenía la impresión de que desde su llegada a Londres no había hecho otra cosa.

—¿Más té, Lotharian? —preguntó lady Upperton, haciendo un gesto hacia el servidor mecánico.

El Viejo Libertino descartó con un gesto esa tonta idea, y esbozó una encantadora sonrisa dedicada especialmente a ella.

—No, querida mía. Pero todavía tengo algo rígidos los huesos después de haberme descolgado por esa cuerda. Un poco de coñac podría ser justo lo que necesito.

Capítulo 9

Cómo viajar con elegancia

MacLaren Hall, Saint Albans
Medianoche

El coche del vizconde Apsley estaba mucho mejor acondicionado que la diligencia correo que había pensado tomar Laird para el viaje de dos horas al norte, a Saint Albans. Eran menos las paradas y estaba más magníficamente equipado que cualquier coche en el que hubiera tenido el placer de viajar.

Y cuando el elegante coche viró y comenzó a recorrer el camino de entrada bordeado por álamos de MacLaren, casi deseó que no terminara el viaje. Se había sentido muy mimado desde el momento en que salieron de Londres. Era como viajar dentro de un club de caballeros con ruedas. Bebieron un excelente coñac, se sirvieron exquiciteces de la cesta de mimbre con comida, jugaron a las cartas y fumaron cigarros de las Indias Occidentales.

Lo alegraba que Apsley hubiera insistido en acompañarlo y ayudarlo a encontrar la manera de arrancar a Anne de las manos de su madre y llevarla de vuelta a Londres.

Eso sí, había tenido que esperar tres horas sentado, mientras este se bañaba y conferenciaba con su ayuda de cámara acerca de la ropa adecuada para una corta estancia en una casa de campo. En realidad había valido la pena esperar, aunque eso no lo reconocería jamás en voz alta: Apsley se sentiría demasiado complacido y no quería nada de eso.

No, cuanto más tiempo se sintiera en deuda con él por el fiasco del compromiso, mejor.

El coche dio una vuelta y se detuvo con una sacudida delante de las enormes puertas de MacLaren Hall. Dos lacayos jóvenes salieron corriendo, frotándose los ojos para ahuyentar el sueño y echándose las chaquetas sobre los hombros, para ayudar al cochero y al mozo a entrar el pequeño bolso de piel de Laird y la enorme maleta de Apsley.

Laird le cogió el brazo a su amigo y lo bajó del coche.

—Venga, hemos llegado.

Apsley, absolutamente atontado por el coñac, se limitó a emitir un gemido.

—Pero no debes hacer ruido. Es muy tarde y seguro que lady MacLaren y la señorita Royle ya están durmiendo.

Apsley intentó asentir pero se le fue la cabeza y el mentón le bajó unos cuantos dedos por el pecho.

Después de depositar a su desfallecido amigo en el primer dormitorio desocupado que encontró, Laird subió la escalera para ir a su dormitorio al final del corredor de la planta superior.

El corredor estaba oscuro, pero había pasado la mayor parte de su infancia y primera juventud recorriendo MacLaren Hall de cabo a rabo, de modo que no necesitaba una vela para ver el camino. Conocía la casa y el terreno palmo a palmo, tan bien como su propia cara.

Aminoró el paso al pasar junto a la puerta del dormitorio de Graham, que en paz descansara. Recordó cuando los dos salían corriendo por esa puerta al corredor en dirección a la escalera. Y ahí cada uno montaba en una baranda y echaban carreras deslizándose, azuzando y gritando los nombres de sus caballos imaginarios, mientras su institutriz chillaba y se retorcía las manos de nervios y su madre se reía hasta que le dolían los costados.

El agradable recuerdo lo hizo sonreír, hasta que vio una rajita de luz del fuego del hogar debajo de la puerta. Tenía la cabeza tan obnubilada por el adormecedor efecto del coñac, que sin pensárselo abrió la puerta.

—¿Graham? —susurró.

Vio que alguien se movía en la cama, y eso lo indujo a acercarse.

—¿Graham?

Al llegar a la cama con dosel se detuvo y se friccionó enérgicamente la cara con las dos manos.

¿Qué hacía? ¿Dónde tenía la cabeza?

Graham estaba muerto. Muerto.

De todos modos, alguien estaba durmiendo en la cama de su hermano.

Sin avanzar otro paso alargó la mano hacia la cortina de la ventana y la abrió lo justo para que entrara algo de luz. El delgado rayito de fría luz de la luna iluminó sólo a la persona que estaba durmiendo en la cama.

Laird hizo una honda inspiración.

Anne.

—La luz de la luna te favorece, querida mía —musitó, en un susurro tan suave que si ella hubiera despertado tal vez habría oído sólo un suspiro.

Así dormida la encontraba más hermosa aún, si eso fuera posible, más etérea.

A la luz blanca azulada de la luna su piel parecía de porcelana; su pelo claro le cubría el terso hombro desnudo como plata líquida. En ese momento deseó más que nada en el mundo besarla.

No pudo evitarlo. Alargó la mano que le quedaba libre y deslizó las yemas de los dedos por su pelo, luego por una mejilla y finalmente por su carnoso labio superior.

Entonces ella se movió y al instante él retiró el dedo de su boca. Soltó la cortina, retrocedió silenciosamente unos cuantos pasos, alejándose de la cama, y entonces se giró y salió a toda prisa por la puerta abierta.

Los primeros rayos del sol pasaron por fin a través de la pared de árboles que bordeaban el parterre de césped del lado este de la casa y entraron en la biblioteca, facilitándole la búsqueda a Anne.

Lady MacLaren le había contado que su amadísimo marido pasaba gran parte de su tiempo en esa sala cuando estaba en la casa de campo, lo que no hacía con la frecuencia que a ella le habría gustado. Por lo tanto, esa mañana, mientras se ponía las horquillas en el pelo, decidió que la biblioteca era el primer lugar que debía registrar en busca de las cartas ocultas.

Antes que entrara el sol se había paseado por toda la sala, levantando la alfombra carmesí con dorados y examinando y empujando con las puntas de los pies todos los trozos de parqué que podrían estar sueltos o dañados de alguna manera.

Después, arrodillada, fue presionando el zócalo por si encontraba algún compartimiento oculto, y pasó las yemas de los dedos por entre las partes bajas de las librerías, buscando alguna puerta oculta semejante a la de la biblioteca de lady Upperton que daba a un pasillo secreto.

Ya con la luz del sol que entraba en la ornamentada sala se le hizo más fácil la búsqueda, aunque tenía plena conciencia de que se le estaba acabando el tiempo.

Había tomado la precaución de cerrar la puerta para que no entrara ninguna criada o algún lacayo a fisgonear, pero muy pronto a lady MacLaren le gruñiría el estómago y eso la obligaría a bajar a tomar su desayuno.

Centró la atención en el magnífico escritorio de caoba que tenía delante, con sus enormes puertas cristaleras. Intentó mover los tiradores de bronce, pero todos los cajones estaban cerrados con llave.

Entonces lo rodeó, se sentó en el suelo y se echó de espaldas debajo del inmenso espacio para meter las piernas. Si había una llave oculta, razonó, tendría que estar cerca, por comodidad, pero oculta de la vista.

Pasó los dedos por la parte de abajo de la base del cajón del centro del escritorio, palpando los huecos astillosos de la base de las correderas y pasándolos por los cuatro resquicios de la ensambladura, que había cedido con los años.

De repente vio pasar una sombra entre ella y las puertas cristaleras. Doblando el cuello levantó un poco la cabeza para mirar, con la esperanza de que sólo fuera una nube que había tapado el sol. Pero en su interior ya sabía que no se trataba de eso.

Se le formó un nudo en el estómago y entrecerró los ojos para menguar el resplandor de la luz.

Vamos, porras.

La habían descubierto.

De pronto unas manos grandes le cogieron firmemente los tobillos y de un tirón la deslizaron por el suelo hacia fuera. Bruscamente intentó sentarse y se golpeó la frente contra el borde de la moldura del cajón.

—¡Porras! —exclamó antes de mirar. Tuvo que entrecerrar los ojos ante la enorme silueta recortada contra la luz del sol.

—Cuidado con el cajón —dijo Laird al mismo tiempo, divertido—. Ay, Dios, demasiado tarde.

Anne bajó la cabeza hasta que la pasó fuera del cajón y se sentó. Se frotó la frente dolorida y luego se hizo visera con la mano para no deslumbrarse.

—¿Qué..., qué haces aquí?

—Yo te iba a hacer la misma pregunta.

Estaba sonriéndole en lugar de asustarla con esos gestos de los ojos y las cejas. Eso era buena señal.

Levantó la mano, él se la cogió y de un tirón la puso de pie.

—Vamos, estaba buscando... algo para leer —contestó entonces, con la mayor seguridad que pudo.

—¿Debajo del escritorio?

—Es que... se me cayó el anillo de tu abuela. —Rápidamente se cubrió la mano izquierda con la derecha y simuló que hacía girar el anillo para ponérselo. Entonces levantó la mano izquierda y se la enseñó orgullosa—. Pero lo encontré, ¿lo ves?

—Mmm. Perdona un momento. —Se inclinó por un lado de ella y sacó algo de debajo del estuche de madera para las plumas. Se enderezó y volvió a mirarla sonriendo de oreja a oreja—. Me pareció que podrías andar buscando «esto».

Abrió la mano ante sus narices y le enseñó una llave de brillante latón.

Anne lo miró enfurruñada.

—Si ya sabías lo que estaba haciendo, ¿por qué simplemente no lo has dicho?

—Ah, pero no habría sido ni la mitad de divertido, ¿verdad?

Ella se cruzó de brazos y movió la cabeza en gesto altivo.

—Entonces sabes por qué he venido.

—Sí.

—Hiciste registrar tu casa de Londres en busca de las cartas, lo cual, he de decir, fue muy amable por tu parte. —Bueno, él seguía sonriéndole—. Entonces, tal vez te dignes ayudarme a buscar aquí.

—No, no veo la necesidad.

Encogiéndose de hombros, en gesto casi burlón, en opinión de Anne, rodeó el escritorio y fue a apoyarse en el respaldo de un enorme sillón de orejas.

—¿No ves la necesidad? —dijo ella, abriendo los brazos, aunque cuidando de hablar en susurros—. ¿No la ves? Para mí tiene perfecta lógica. Si es verdad que tu padre tenía las cartas en su poder y no están en tu casa de Cockspur Street, es lógico suponer que podría haberlas escondido aquí.

—Tienes toda la razón. «Si» tenía las cartas, y no estamos totalmente seguros de eso, esta biblioteca podría ser lo primero que habría que registrar. A no ser...

—¿A no ser qué?

—A no ser que yo ya la haya registrado.

—¿Registrado? —¿Qué se proponía Laird con esa ridiculez?—. Imposible. —Lo miró desconfiada—. ¿Cuándo?

—Anoche —contestó él, engreído—, mientras tú dormías.

En ese instante se abrió la puerta. Anne miró y vio a lady MacLaren en el umbral.

—Ah, buenos días, lady MacLaren. —Corrió hasta ella, le cogió la mano y la llevó hacia Laird—. Mire quién ha llegado. ¿No es una sorpresa maravillosa?

Laird rodeó el sillón y se inclinó a besar a la condesa en la mejilla.

—Ah, no es tan sorprendente, ¿verdad, madre?

Lady MacLaren se echó a reír como una niña.

—No, supongo que no. Tenía la idea de que podrías venir cuando te enteraras de que había traído a Anne a MacLaren Hall.

—En «mi» coche —añadió Laird.

—Ah, sí —contestó lady MacLaren, mirándose los pies—. ¿Cómo viajaste, cariño? ¿En tu castrado?

—Nada de eso —dijo una alegre voz desde la puerta—. Llegó en «mi» coche. —Lord Apsley se inclinó en una muy caballerosa venia y luego en tres largos pasos estuvo junto a ellos—. No podía permitir que nuestro muchacho quedara todo cubierto de polvo cuando iba a encontrarse con su madre y su novia, ¿verdad?

Anne miró a Laird. Vio que tenía la ceja izquierda arqueada

en gesto de furia y entrecerrados sus centelleantes ojos azules mirando a Apsley.

—Bueno, entonces tenemos los ingredientes para una reunión en casa. ¿Vamos a tomar juntos el desayuno?

Diciendo eso lady MacLaren agitó los brazos como para incitarlos a caminar hacia la puerta.

—Sí, ¿vamos, Anne? —dijo Laird, ofreciéndole el brazo, del que ella se cogió a regañadientes.

Sin duda lady MacLaren vio su gesto de incomodidad, porque al instante les preguntó:

—¿Por qué estabais los dos en la biblioteca a esta hora tan temprana?

Anne se rió en voz baja.

—Dio la casualidad que los dos nos despertamos un poco antes del alba y nos topamos aquí en la biblioteca.

—Los dos vinimos a buscar algo interesante para leer —añadió Laird amablemente.

Lady MacLaren arqueó sus delgadas cejas.

—¿Y lo encontrasteis?

—Todavía no, lady MacLaren, pero claro, creo que no hemos terminado la búsqueda. —Sonrió con su más encantadora sonrisa—. ¿verdad, lord MacLaren?

—No, Anne —dijo él mirándola fijamente a los ojos—. No hemos terminado... todavía.

Laird tuvo la impresión de que su madre estaba de un humor radiante y extraordinario mientras tomaban todos el desayuno. Canturreando por entre los labios sonrientes extendió una capa de mermelada en la tostada y no dejaba de charlar alegremente con Apsley y Anne.

Era la primera vez que la veía así, tan alegre como antes, antes que les llegara la noticia de la muerte de Graham en el campo de batalla. Lo complacía verla feliz otra vez. Su pequeña familia había sufrido demasiado durante ese año y medio.

—Lady MacLaren —dijo en ese momento Anne—, debo darle las gracias por haberme puesto en un dormitorio tan agradable y cómodo. —Desvió brevemente la mirada hacia Laird—. Pero me he enterado de que ese determinado dormitorio es de la familia, y no deseo ser una molestia. —Volvió a mirar a Laird y luego a lady MacLaren para oír su respuesta.

—Mi querida niña, no eres molestia en absoluto. Y eres de la familia, o pronto lo serás. —Le dio una palmadita en el hombro—. Además, yo misma elegí la habitación de Graham para ti.

—¿Tú? —exclamó Laird, mirándola incrédulo.

Durante todo el año de luto por su hijo, había hecho limpiar el dormitorio como si Graham fuera a llegar a casa cualquier día.

Aunque la condesa nunca lo había reconocido, él tenía la idea que que nunca creyó de verdad la noticia de su muerte en el campo de batalla. Incluso después que se presentó el ordenanza de Graham a devolver el anillo de sello que su hermano no se quitó nunca del dedo, lady MacLaren continuaba haciendo cambiar las sábanas y las toallas y ordenando que dejaran un jarro con agua caliente en su lavabo.

Hasta esa noche, al parecer.

Se desvaneció la sonrisa de lady MacLaren.

—Sí, yo. Ya no podía soportar ver su dormitorio vacío. —Miró a Anne y volvió a curvar los labios—. Pero ahora Anne está con nosotros en MacLaren Hall. Y pronto volveremos a ser una verdadera familia, no solamente un fragmento de la familia que antes fue feliz aquí.

Se le llenaron los ojos de lágrimas y él vio que no eran de tristeza sino de felicidad.

Oyó sorber por la nariz, se giró a mirar a Anne y la vio limpiándose los ojos.

—Gracias, lady MacLaren —dijo ella, con la voz trémula y lágrimas en las mejillas. Se levantó de un salto y se inclinó a abrazar a la condesa—. No sabe lo mucho que significa para mí oírla decir eso.

Laird sintió escozor en la parte de atrás de los ojos. En realidad, si se casaba con Anne le daría las raíces que ella siempre había deseado, y le devolvería a su madre la sensación de familia que había perdido con la muerte de Graham y de su marido.

Pero él deseaba el afecto de otra, de lady Henceford, y, como parecía ser su costumbre, decepcionaría a todo el mundo. Otra vez.

De repente lady MacLaren dio unas palmadas, con los ojos todavía mojados por las lágrimas.

—He decidido llevar a Anne conmigo a Saint Albans hoy. ¿Quién quiere acompañarnos? Será un día memorable.

Apsley ahogó un bostezo y cerró un momento sus adormilados y enrojecidos ojos.

—Le ruego me perdone, lady MacLaren, pero aún tengo que recuperarme del viaje y podría aprovechar para descansar unos cuantos minutos más, si no le importa.

Laird sonrió de oreja a oreja. Más bien para seguir durmiendo la mona por el exceso de coñac.

—Y tú, Laird, ¿qué dices? —le preguntó la condesa, sonriéndole expectante.

Él echó atrás la silla y se levantó.

—En realidad, tenía pensado continuar mi búsqueda de algo interesante para leer y después hacer una caminata por la orilla del lago. —Se le acercó a darle un beso en la mejilla—. Además, no me cabe duda de que vosotras, señoras, os dedicaréis a comprar cintas y otros artículos de mercería, y yo no tengo talento para elegir esas cosas. Por lo tanto, os dejaré en paz para disfrutar de la mutua compañía. Sin duda tenéis muchísimo de qué hablar. —Rodeó la mesa, en dirección a Anne, y se inclinó a susurrarle al oído—: Simplemente no hables «demasiado», ¿de acuerdo?

Ella asintió y entonces, para el efecto en los demás, se cubrió la boca y emitió una risita:

—Uy, Laird, compórtate.

Él arqueó una ceja y le hizo un guiño:

—Siempre, querida mía.

Capítulo 10

Cómo tener paciencia

El pueblo Saint Albans

De las tres hermanas Royle, Anne era la que tenía menos paciencia. Su padre, que tuvo que haber sido el médico más paciente de Inglaterra, solía decírselo. «La paciencia es una virtud», le decía siempre que ella tenía que quedarse toda la noche a velar a un campesino con fiebre o a un niño enfermo.

Así pues, en silencio se repetía esa frase durante los minutos que su hermana Elizabeth contemplaba la fuente intentando decidir qué trozo de cordero elegir para la cena.

Y volvía a repetírsela cuando tenía que esperar tres cuartos de hora mientras su frugal hermana mayor regateaba con un comerciante por un penique, que igual se lo podía ahorrar si compraba el té en otra tienda.

Por lo tanto, se quedó en el interior del coche de Laird, tal como le ordenara lady MacLaren, esperando con suma paciencia. Francamente, hizo gala de mucha, muchísima paciencia, hasta que el reloj de la torre del pueblo le anunció que había transcurrido una hora.

Entonces fue cuando concluyó que ocurría algo, que algo

podría haber ido mal. De verdad, tenía que ir a ver cómo estaba lady MacLaren, sólo para asegurarse de que se encontraba bien.

Abrió bruscamente la portezuela del coche y golpeó algo, con fuerza.

Oyó el chillido de dolor de una mujer.

—Ay, santo cielo, ¿qué he hecho?

Bajó del coche de un salto y cerró la puerta. Una mujer estaba sentada en el suelo, medio aturdida. De la nariz pequeña y respingona le salía un chorro de sangre, manchándole el conjunto para paseo de seda a rayas rosa.

Se apresuró a arrodillarse a su lado.

—¡Esto ha sido un horrible accidente! Lo siento muchísimo. No la vi venir. —Le ladeó la cabeza y le apretó el puente de la nariz, para detener la sangre. Ay, no, la nariz se movió—. Me parece que se ha roto la nariz, señora.

La mujer emitió un gemido.

—«Usted» me la rompió, querrá decir.

—Sí, claro, le pido perdón otra vez. No se imagina cuánto lamento esto.

—Vi el coche —logró decir la mujer, entre chorro y chorro de sangre—, lleva el blasón MacLaren en la puerta.

—Sí.

—Pero... ¿qué hacía usted en el interior?

—Soy la novia de lord MacLaren. Procure no hablar, por favor. Permítame que la ayude a entrar en la botica, hasta que podamos llamar a un médico.

Sin esperar respuesta, la puso de pie de un tirón.

La mujer se resistió a que la llevara.

—¿Usted es su prometida? ¿De Laird Allan?

Bueno, al menos le pareció que decía eso, pues era difícil entenderla.

—Sí. Por favor, señora, si me deja ayudarla a entrar en esa botica podré restañarle la hemorragia. Sé hacerlo.

—Eso es imposible —dijo la mujer, repentina y curiosamente muy calmada.

—Toda mi vida ayudé a mi padre, que era médico —explicó Anne, tironeándola hacia la puerta—. De verdad, puedo taponarle la nariz y detener la hemorragia.

—No, quiero decir que es imposible que lord MacLaren esté comprometido otra vez, tan pronto.

Anne ya comenzaba a irritarse con su paciente.

—Muy bien, y ¿eso por qué?

—Porque acaba de terminar su periodo de luto.

Anne entreabrió la puerta y puso el pie en el hueco para que no se cerrara.

—¿Y cómo sabe eso usted? ¿Conoce a la familia?

—Pues, sí —contestó la mujer.

Anne abrió del todo la puerta e hizo entrar a la mujer. Sonó una campanilla en lo alto de la puerta y al oírla lady MacLaren se giró a mirar. Se desvaneció su radiante sonrisa.

—¡Lady Henceford!

¿Lady Henceford? Sintió recorrido el cuerpo por una oleada de náuseas.

Por el amor de Dios, que alguien me diga que no acabo de romperle la nariz... a la mujer que dejó plantado a Laird ante el altar.

Ya se había puesto el sol cuando el médico salió del dormitorio de lady Henceford, después de hacer prometer a Anne que se quedaría a velar a la paciente y atender a sus necesidades.

Lady MacLaren, que al parecer no soportaba la vista de la mujer que le causó tal deshonra a su hijo, se había marchado de la casa Henceford lo más pronto que pudo para volver a MacLaren Hall.

Lady Henceford tragaba saliva y tosía, empapando su pañuelo con saliva manchada de sangre y las abundantes lágrimas que le brotaban de los ojos.

Anne llenó un vaso con agua fresca y se lo puso en los labios.

—Tranquila, tranquila. No tiene nada que temer. No está enferma. Ha tragado muchísima sangre de la nariz. Beba esto para pasar la sangre que tiene en la garganta.

—Es usted... muy buena conmigo. ¿Por qué, señorita Royle?

—Llámeme Anne, por favor, tutéeme. ¿Por qué no iba a atenderla? Yo le rompí la nariz, lady Henceford.

—Podría llamarme Constance —dijo lady Henceford, y bajó los llorosos ojos castaños—. Por lo que le hice a Laird. Aunque con toda sinceridad he de decir que tuve que romper el compromiso. Tuve que romperlo. Cuando me enteré del tipo de hombre que es, un libertino, un sinvergüenza, comprendí que no podría pasar mi vida con él.

—No hace falta que se explique —dijo Anne, dejando el vaso en la mesilla y dándole una palmadita en la mano—. Yo no la juzgo, querida señora.

—Eres buena, Anne. —Las palabras le salieron casi como si la sorprendiera haber llegado a esa conclusión—. ¿Cómo es que aceptaste casarte con él? ¿Por su fortuna? No logro imaginar ningún otro motivo para que una mujer como tú se ate a un hombre que le ocasionará deshonra tan pronto como se le presente la oportunidad.

En sus labios apareció una sonrisa sosa, extrañamente satisfecha.

—¡Querida señora! —exclamó Anne, asombrada.

Sorprendida, sintió pasar por ella una oleada de rabia.

—Perdona que haya sido tan franca, pero no podría soportarlo si no te lo dijera. —Le cogió una mano y se la rodeó con la otra también—. Tal vez no sabías lo de su negra reputación.

Anne intentó normalizar la respiración. Guárdate de reacciones emocionales, diga lo que diga lady Henceford, se dijo.

Al fin y al cabo, era la primera oportunidad que se le presentaba para cumplir con su promesa a Laird, y tenía que aprovecharla.

—Constance, vivo en Londres y conozco muy bien las historias sobre el libertinaje de Laird. Pero te aseguro que ya no es ese hombre horrendo.

Lady Henceford emitió un bufido.

—Un tigre no se puede cambiar las rayas.

—Sin embargo, después de la muerte de su padre y de su hermano, cambió, de verdad. Se reformó. Es un hombre bueno y cabal.

—¿Tanto cambio en tan poco tiempo? Me cuesta tragar eso.

Anne liberó la mano y cogió el vaso que había dejado en la mesilla de noche.

—Tal vez otro poco de agua te servirá.

Arqueó las cejas en gesto travieso, con la esperanza de alegrarle la disposición.

Lady Henceford sonrió y se hundió en las almohadas que Anne le había arreglado a la espalda.

—¿Cómo os conocisteis? Él acaba de terminar su periodo de luto por su padre y su hermano.

Porras. ¿Por qué no había acordado algo con Laird para explicar su primer encuentro? Era absolutamente increíble que nadie le hubiera hecho esa pregunta antes. De hecho, en lo único que estaban interesados era en el compromiso en sí.

—Bueno, es bastante increíble, en realidad —dijo, y bebió un trago de agua, para ganar tiempo. De ninguna manera podía decirle la verdad; eso estaba claro—. Bueno, resulta que iba caminando por la orilla del Serpentine...

Y así Anne comenzó la segunda mentira más grande de su vida.

A la mañana siguiente lady MacLaren estuvo muy tranquila y amable en la visita que hizo a lady Henceford. Pero una vez que se llevó a Anne y entraron por las puertas de MacLaren Hall, le cogió la mano y la llevó a toda prisa a la biblioteca.

Laird, que estaba sentado ante el escritorio, levantó la vista y se puso de pie al instante. Observó que Anne llevaba el mismo vestido de mañana de batista que se había puesto el día anterior. Sólo que unas manchas de sangre seca le estropeaban el corpiño y le formaban rayas en la falda, tal vez ya imposibles de limpiar.

—¿Te encuentras bien? —preguntó—. Me preocupé cuando anoche no llegaste, es decir, no volviste.

Lady MacLaren no pudo contenerse.

—¿Cómo es posible que no me lo hayas dicho, Laird? ¡Soy tu madre! ¿Es que debo enterarme de algo tan importante por «ella», por esa despreciable lady Henceford?

—De verdad no sé qué quieres decir —contestó Laird, sorprendido, buscando los ojos de Anne con la mirada.

Ella hizo un leve gesto de negación con la cabeza, con la esperanza de que él entendiera que con eso quería decirle que no había dicho nada a su madre sobre el verdadero motivo para entrar en el dormitorio de él esa fatídica noche.

—Mi hijo es un «héroe» —dijo lady MacLaren—, y muy tímido al parecer, porque ni siquiera se le ocurrió decírselo a su madre. —Se retorció las manos—. Esto debe saberlo todo el mundo. Ah, en Saint Albans lo sabrán muy pronto. Yo me encargaré de eso. Pero, uy, debemos volver a Londres, a no ser... No, ¡tengo una idea mejor!

Entonces, sin siquiera mirar a Anne y a Laird, salió a toda prisa de la biblioteca.

Laird volvió a sentarse ante el escritorio y apoyó la cabeza en la mano.

—¿Ahora soy un héroe?

Anne corrió hasta el escritorio, se situó a su lado y se inclinó hacia él.

—Bueno, sí, eso parece. Y, claro, Laird, fuiste muy valiente.

—Dime, Anne, ¿cómo ha podido empeorar tanto nuestra apurada situación sólo en un día?

Ella dio una palmada de entusiasmo sobre la brillante superficie del escritorio.

—En realidad, ha mejorado. He dado largos pasos en redimirte.

—¿Romperle la nariz a lady Henceford refuerza nuestra posición? —preguntó él, levantando la cabeza para mirarla; eso era imposible—. Dime una cosa, Anne. Romperle la nariz con la puerta de mi coche «fue» un accidente, ¿verdad?

—Ah, por supuesto que sí. Un accidente total. Ni siquiera sabía de quién era la nariz que rompí, hasta que tu madre la llamó lady Henceford en la botica.

—Gracias a Dios por los pequeños beneficios. —Incluso él notó la risa reprimida en sus palabras. Se giró más en el asiento y distraídamente le cubrió los esbeltos dedos con su enorme mano—. Dime, pues, cómo nos beneficiamos de esa nariz rota.

—Le caigo bien. Al parecer tiene la idea de que por nuestra asociación contigo somos almas afines.

Lo miró con los ojos radiantes y esperó mientras él intentaba descifrar el sentido de sus palabras.

—Lo siento, Anne, pero no entiendo qué quieres decir.

—Me dijo que no podía casarse contigo después de enterarse de tu conducta en Londres. Me contó detalles más sórdidos de lo que yo quería oír, eso seguro.

Laird sintió una punzada de inquietud. Le fastidiaba que Anne pudiera llegar a considerarlo el canalla sin escrúpulos que había sido en lugar del hombre que era en la actualidad.

—Anne, te dije por qué rompió el compromiso.

—Me preguntó por qué acepté casarme con un hombre de reputación tan negra.

De repente Laird comprendió.

—Y le dijiste que yo ya no era ese hombre.

Ella alzó orgullosamente el mentón.

—Exactamente.

—¡Preciosidad!

Levantándose de un salto le cogió la cara entre las palmas, la acercó y la besó en la boca. En el mismo instante en que lo hizo comprendió que estaba mal. Se había dejado llevar por el impulso.

Pero ella no se resistió, sino que simplemente exhaló un suspiro y, sorprendido, sintió ablandarse su cuerpo apretado al de él. Esa inesperada reacción lo excitó tremendamente, asombrosamente.

No se había esperado esas reacciones carnales, así que la soltó de inmediato, buscando de manera infructuosa en la cabeza alguna explicación racional.

—Perdona, Anne. No era mi intención... No debería... —La miró a los ojos—. Lo que pasa es que me sentí muy feliz de que hubieras podido hablar con ella.

—Ah, eso lo sé. No hay ninguna necesidad de pedir disculpas. —Como si estuviera desconcertada por su reacción al beso, frunció el ceño—. Yo también... me sentí feliz. —Retrocedió un paso, temblorosa. Entonces apareció una radiante sonrisa en su cara—. Aunque te das cuenta, supongo, de que mientras aseguras que ya no eres el hombre despiadado que fuiste en otro tiempo, todavía tienes una decidida vena libertina.

—Muy cierto, eso es parte de lo que soy. —Se cruzó las manos sobre el corazón—. Pero este libertino tiene corazón y conciencia —añadió, bajando piadosamente los ojos.

—Sí que los tienes, lo cual es una suerte, porque es muy importante que continuemos siendo sinceros entre nosotros, si queremos convencer al mundo de que estamos felices y comprometidos.

Él detectó algo especial en su tono, como si quisiera hacerle una advertencia.

—Estoy de acuerdo.

Sí, había un sentido subyacente en sus palabras; eso lo sabía, pero no lograba discernir qué podría ser.

Anne lo miró a los ojos todo un largo minuto, como si buscara algo en ellos. Después sonrió, como si le hubiera agradado lo que vio.

—Pero sé que tú ya sabes eso.

Laird guardó silencio un momento; el tono en que dijo esas palabras parecía más una pregunta.

—No tienes por qué preocuparte, Anne. Estoy totalmente de acuerdo. Es imperioso que los dos seamos sinceros el uno con el otro. —Le correspondió la sonrisa—. Pero sé que tú sabes eso también.

Ella se rió alegremente, tentándolo a ensanchar la sonrisa. Y de repente recobró la seriedad y se golpeteó el labio inferior con un dedo. Tres veces abrió la boca para decir algo más y volvió a cerrarla.

Ah, no.

—Puedes decir lo que sea que debes decir, Anne.

Mirándola con los ojos entrecerrados, enseñó los dientes, como preparándose para lo peor.

Anne se rió en silencio.

—Mmm, puesto que vamos a ser sinceros, debería contarte la historia de cómo nos conocimos, antes que vuelva tu madre.

—¿Tan terrible es? —gimió él.

Capítulo 11

Cómo narrar un cuento fantástico

MacLaren Hall
Una semana después

El círculo de distinguidos invitados que rodeaban la pista de baile se movía y contraía a medida que entraban más damas y caballeros, muchos venidos de Londres.

Cuidando de no arrugarse el chaleco color marfil con bordados en oro, Laird flexionó las rodillas para que su madre pudiera oírlo en medio del bullicio de la muchedumbre.

—Madre, ¿has invitado a nuestro baile de compromiso a tooodas las personas que alguna vez han oído hablar de nuestra familia?

—Eso parecería, ¿no? —contestó lady MacLaren riendo alegremente—. Ah, no te enfades conmigo. Quería que todas las personas de importancia se enteraran del heroico acto de mi hijo recién comprometido, y conocieran a su hermosa prometida Anne.

—Pero, madre, ese acto heroico nunca...

—Ah, mira, ahí viene —dijo la condesa, enterrándole el codo en el costado—. ¿No está preciosa esta noche? Sir Lumley le hizo enviar el vestido desde Londres especialmente para la ocasión. Es un caballero generoso ese. —Sonrió radiante cuando Anne se les reunió en el perímetro de la pista—. Ah, tu vestido es perfecto, querida.

Anne sonrió mansamente y se inclinó en una reverencia ante la condesa.

A Laird se le quedó atrapado el aire en la garganta cuando ella fue a situarse a su lado y le puso la mano en el brazo, que le ofreció tardíamente.

Su vestido de satén dorado reflejaba la luz de las velas de las arañas de cristal, haciéndola brillar y resplandecer como el sol.

—Estás muy hermosa esta noche, Anne —le dijo sin vacilar.

Ella lo miró por entre sus tupidas pestañas y sostuvo su apreciativa mirada con esos ojos asombrosamente dorados.

—Gracias, lord MacLaren. Tú te ves bastante «heroico».

Laird le hizo una amable venia. Se había convencido de que llevaba el chaqué azul medianoche y el chaleco color marfil para estar en su mejor aspecto en el caso de que asistiera lady Henceford a pesar de su lesión. Pero al oír el generoso comentario de Anne acerca de su apariencia cayó en la cuenta de que se había estado engañando. En realidad deseaba estar en su mejor aspecto para Anne.

Lady MacLaren estaba de puntillas oteando el mar de invitados y, de pronto, como si hubiera avistado tierra, se llevó la mano a la frente a modo de visera.

—¡Ajá! ahí están. Las cotorras cotillas que estaba esperando: lady Kentchurch y la señora Devonport. Quédate aquí, hijo. Iré a buscarlas y las traeré para presentártelas a ti y a la señorita Anne. Tienen que conoceros a los dos.

—Ah, estupendo —dijo Laird, y miró a Anne que estaba a su lado.

Por su cara, postura y repentina inmovilidad, vio que estaba absolutamente petrificada. Tenía agrandados los ojos dorados, y sin expresión, y sus labios, delicadamente pintados de rosa (sin duda la obra de Solange, la doncella de su madre) formaban una sonrisa fijada, perpetua, el tipo de sonrisa que normalmente se veía en las muñecas.

—No te preocupes, muchacha. El salón está tan lleno de gente y es tanto el ruido que no necesitas hacer nada aparte de sonreír. Y parece que eso ya lo dominas a la perfección.

Al oír su broma ella abandonó la mirada pasmada y lo miró con los ojos entrecerrados, traviesa.

—Prométeme que no te vas a apartar de mi lado, Laird, y nos las arreglaremos admirablemente. Ya lo verás.

Apareció lady MacLaren seguida por las dos gordas señoras.

—Justo entonces el caballo se encabritó y la arrojó por encima de la baranda. Al caer se golpeó la cabeza en el borde del puente, quedando inconsciente y así cayó en el Serpentine.

Las dos señoras emitieron exclamaciones y miraron hacia Anne, como buscando confirmación. Anne asintió con expresión triste y luego se cogió del brazo de Laird y lo miró sonriendo adoradora.

—Mi hijo, el conde de MacLaren, saltó por encima de la baranda y se lanzó al agua detrás de la pobre chica que se estaba ahogando, y le salvó la vida. —Haciendo una profunda inspiración se dio una palmada en el pecho—. Podría haberse matado, pero su único pensamiento era rescatar a la señorita Anne Royle, que ahora es su prometida.

A la señora Devonport se le llenaron los ojos de lágrimas y se tocó las comisuras de los ojos con un pañuelo orlado de encaje.

—Qué romántico. El destino los unió —dijo, suspirando soñadora.

—Es usted un verdadero héroe, lord MacLaren —añadió lady Kentchurch—. ¿Por qué no se habló de eso?

Anne hizo una inspiración temblorosa, y a Laird se le tensaron los músculos de la espalda. ¿Qué historia se inventaría esta vez?

—Tiene razón, lady Kentchurch —dijo ella entonces—. Pero por desgracia los diarios no pudieron publicar los detalles porque nadie conocía la identidad de la mujer que se estaba ahogando ni la de su salvador. Después que lord MacLaren me sacara el agua de los pulmones y yo volví a respirar, me llevó inmediatamente a la casa de mi familia en Berkeley Square. Lógicamente, él no quiso aceptar agradecimientos ni recompensa por su acto de heroísmo. En lugar de eso, fue a visitarme al día siguiente para asegurarse de que me había recuperado. Y fue también al siguiente, y al siguiente. Y ahora, estamos comprometidos.

Laird la miró pasmado. ¿Cómo podía asegurar que tenía el defecto de la timidez? No había nada de reserva en esa fierabrás. Vivaz, imaginativa y amena eran las palabras que emplearía él para describirla. Era una delicia absoluta.

Aunque, lamentablemente, una terrible mentirosa.

Se rió para sus adentros. Con cada repetición, la historia de Anne iba haciéndose más grandiosa.

Anne sintió la suave presión del brazo de Laird acercándola más hacia su costado.

—Mis queridas señoras —dijo entonces él a la condesa y a las dos «cotorras cotillas»—, ¿nos disculpáis? Le prometí a Anne presentarle a nuestros vecinos, los Middleton, y acabo de verlos entrar.

Las tres mujeres asintieron mientras él se llevaba a Anne en dirección a los invitados que se agrupaban a la orilla del salón.

—¿Los Middleton? —preguntó Anne, girando la cabeza para mirarlo extrañada—. Pero si tu madre ya me los presentó. Tú estabas ahí.

—¿Sí? Debo de haberlo olvidado. —La miró y sonrió—.

Bueno, tanto mejor. No tendré que seguir a ese par en este enredo de satén y encaje. Tal vez deberíamos concentrarnos en localizar la mesa de refrescos. ¿Qué dices, «cariño»?

—Muy bien. He de reconocer que contar una y otra vez tu acto heroico ya me ha dejado los labios resecos.

Se le animó el paso cuando él la rodeó con un brazo como un chal, apretándola contra su cuerpo, siguiendo un sendero hacia la puerta.

—Sin duda —dijo él, arqueando una oscura ceja en el momento en que entraban en el vestíbulo, acercándose a la sala con largas mesas cubiertas con bandejas llenas de bocados azucarados y otras exquisiteces.

Dos lacayos estaban sirviendo ponche de arak en las copas de invitados que esperaban, mientras otros llenaban copas con limonada.

Laird cogió dos copas de la bandeja de un lacayo que iba saliendo en dirección al salón y le pasó una a Anne.

—Y podría decir que encontré... inspirado ese detallito de lo tan noble que soy que no quería agradecimientos ni recompensa por mi heroísmo.

—Vamos, gracias lord MacLaren.

Aun no había terminado de hablar cuando él se giró, sacó un fresón de un plato y se lo deslizó rodando por el labio inferior.

—¿Te apetece algo dulce?

Sosteniendo su mirada ella asintió lentamente. Abrió la boca y permitió que él le introdujera la punta del fresón. Enterró los dientes, esperó a que el dulce jugo se le extendiera por la lengua y entonces cerró la boca sobre el bocado.

Laird levantó la mitad del fresón que quedó, se la llevó a los labios y se la introdujo en la boca. Después se pasó la lengua por las yemas de los dedos.

—Dulce. Pero ni la mitad de delicioso que tú, Anne.

Ella comprendió lo que hacía. Estaba jugando un juego de

amantes, transformando el gesto más sencillo en seducción. Pero cuando ella jugaba a ese juego, lo hacía en serio.

Lo miró a los ojos, tratando de verle hasta el fondo del alma, pensando si él sentiría algo por ella, o si sólo se complacía en una diversión de libertino. No dejó de mirarlo. Tenía que saber, y si lo miraba fijamente el tiempo suficiente, vería su corazón revelado en su cara.

De pronto él se encogió y se le movió un músculo de la mandíbula, como si lo desconcertara la intensidad de su penetrante mirada.

Entonces desvió la vista y bajó los ojos hacia el ponche que brillaba dentro de su copa. Estaba a punto de beber cuando del vestíbulo llegó una sonora voz, elevándose por encima de la cháchara, atrayendo la atención de casi todos los que estaban tomando un refresco.

—¡Está a punto de comenzar la segunda contradanza!

Anne se giró a mirar y vio a una mujer haciéndole gestos al caballero que estaba al lado de Laird. El corpulento hombre echó atrás la cabeza y apuró su copa. «Diablos, detesto bailar», gruñó, pero salió obedientemente al vestíbulo en dirección al salón. La mujer le cogió el brazo y lo llevó implacable hacia la pista de baile.

—El segundo baile —dijo Laird, haciéndole un gesto para que bebiera. Después le cogió la copa y la dejó con la de él en la mesa—. ¿Bailamos, Anne?

Entusiasmada ella se cogió de su brazo.

En su interior abrió sus pétalos una flor de esperanza, estimulada por su cálida sonrisa. ¿Podría ser que Laird sintiera lo que sentía ella, al menos una pequeña parte? ¿Podría ser que su relación fuera algo más que una farsa, que se estuviera convirtiendo en algo más profundo, en algo «real»?

Laird la condujo directamente al centro de la pista, instando a los demás bailarines a moverse para dejarles lugar en el medio de la fila.

Las mujeres de la fila de ella inclinaron y giraron las cabezas para mirarla. Mientras esperaban que comenzara la música, oyó fragmentos de lo que comentaban en susurros acerca de ella. Al parecer todas deseaban conocerla, conocer a Anne Royle, la mujer que había domado al sinvergüenza lord MacLaren. La chica de Cornualles que se había apoderado de su corazón.

Sintió subir un hormigueante calor por debajo del corpiño, que le coloreó el escote, el cuello y las mejillas. Esa atención era casi abrumadora para sus sentidos, pero mantuvo la cabeza erguida. Alzó la vista para mirar a Laird y se encontró con que él la estaba mirando. Tenía la espalda recta, los hombros anchos y elegantes. Él miraba hacia cada lado, como saludando en silencio a los otros bailarines, y haciendo un gesto con la cabeza hacia ella entre saludo y saludo.

Le entró la timidez y bajó la mirada a sus finos zapatos. Era como si Laird les indicara orgullosamente a los demás caballeros que ella le pertenecía.

Levantó la vista y se encontró nuevamente con la mirada de él, justo en el instante en que comenzaba la música. Alargó la mano derecha y cogió la derecha de Laird, y ellos y otra pareja cruzaron la columna que formaban los demás bailarines. Después se cogieron de las manos izquierdas, se giraron y volvieron a sus posiciones de partida. Sin dejar de mirarse en ningún momento.

Con mano firme y posesiva, Laird le rodeó los dedos y juntos hicieron el paso cruzado, llegando hasta el centro, y luego retrocediendo hasta ocupar el segundo lugar.

Anne se sentía sin aliento, aunque no por el ejercicio. Había bailado esa contradanza muchísimas veces, pero esta vez estaba tremendamente consciente de su guapo acompañante. El calor de su mano, de su cuerpo cerca del suyo, parecía recorrerle el brazo como una caricia.

Él colocó la otra mano en su espalda a la altura de la cintura y casi gritó por la sensación. La tocaba exactamente tal como hacían todos los caballeros al guiar a su pareja, eso lo sabía. Pero la suave presión de sus cálidos dedos moviéndose ligeramente sobre su cuerpo la encontraba mucho más íntima.

La hacía pensar en cosas que una doncella no debe pensar.

Pero las pensaba.

Él ocupaba sus pensamientos casi minuto a minuto todos los días, desde el momento en que la sorprendió en su dormitorio y... y la besó. ¿Qué tenía ese hombre que la fascinaba tanto?

Mejor no hacerse esa pregunta inútil. En realidad no importaba. La cruel realidad era que su tiempo con Laird llegaría a su fin el último día de la temporada, si no antes.

Lo deseara su corazón o no.

Desde la altura y perspectiva de Laird, la luz de las brillantes arañas formaba un aura mágica alrededor de Anne. Tal vez era un truco de la vista, pero le parecía que la luz de las llamas de las velas no favorecía a nadie tanto como a su prometida.

Su «prometida». No, su novia falsa. No, su compañera en esa intriga.

Mierda. Por un momento se había engañado creyendo la historia inventada, que estaban comprometidos y pronto se casarían.

Anne giró hacia él su cara de delicada porcelana y le sonrió serenamente. Sus ojos estaban iluminados por la felicidad, y se rió cuando se cogieron las manos derechas por encima de la cabeza y ella cruzó por delante de él al ritmo del movimiento *Allemande* y luego repitió los pasos en sentido contrario.

El sonido de su risa lo hizo reír, pero también lo hizo pensar en ella como no la había considerado nunca antes conscientemente.

Anne lo atraía de una manera que no sabía definir, que no

lograba ni comenzar a explicar. Lo único que sabía era que ninguna otra mujer presente en el salón, ninguna mujer de las que había conocido, poseía un atractivo que igualara al suyo.

Sin duda había conocido a mujeres más bellas, a conversadoras más saladas, a otras de ingenio más rápido. Pero no lograba recordar a ninguna que lo atrajera como lo atraía Anne. Jamás había habido una mujer que lo hiciera anhelar estar con ella, todos los momentos de todos los días, y las noches, claro. Esto lo hacía caer en la cuenta de que, hasta el momento en que ella se coló en su vida él no vivía realmente, simplemente existía. Pasaba por los días, las semanas y los años.

¿Qué tenía, pues, que la hacía tan irresistible para él?

Sintió hincharse algo dentro del pecho al comprender lo que hasta el momento había negado. Estaba comenzando a sentir por ella cosas que jamás se había permitido sentir por nadie.

Ella le estaba rompiendo trocito a trocito la piedra que se había endurecido alrededor de su corazón.

Lo hacía «sentir».

Se sentía feliz cuando estaba con Anne, esa jovencita hermosa, única, de la remota región de Cornualles.

Se rió en silencio, para sus adentros. Puñetas. ¿Quién se lo habría imaginado? Tal vez por primera vez en su vida, se sentía verdaderamente feliz.

Y el motivo era la señorita Anne Royle.

Tenía que decírselo. No tenía idea de qué le diría ni cómo reaccionaría ella. Lo único que sabía era que en cierto modo ella le había cambiado la vida y necesitaba que ella lo supiera. Tenía que decirle lo que le hacía sentir.

Esa noche.

El último de los invitados se marchó a las cuatro de la mañana y entonces lady MacLaren y su personal pudieron irse a acostar.

Laird y Apsley se fueron a la biblioteca a beber una última copa de coñac.

—Un puñetero héroe, imagínate —comentó Apsley, y sonrió de oreja a oreja—. ¿Crees que me podrías prestar a tu Anne mañana para que promueva mi buena reputación? No me vendrían mal unos pocos actos heroicos para conseguir que mi familia no se entrometa en mi vida privada.

—Lo siento, Apsley, pero yo sólo puedo ocuparme de la reputación de mi novio.

Los dos giraron las cabezas y vieron a Anne en la puerta.

Ella entró y fue a reunírseles cerca del escritorio.

—Y puesto que sólo puedo ser la prometida de un caballero por vez... —Lo miró con fingida expresión de tristeza que decía que no había ninguna esperanza—. Bueno, lo comprendes, ¿verdad, Apsley?

—Anne, creí que ya estabas en la cama —dijo Laird.

En el instante en que salieron de su boca esas palabras le vino a la mente la imagen de Anne en su cama, desnuda a su contacto.

Con el fin de quitarse esa embriagadora idea de la cabeza, se apresuró a llenar una copa con ponche de vino y se la pasó.

—Uy, no debería beber. Ya he bebido dos copas, y ya sabes cómo me afecta el vino.

Le hizo un disimulado guiño y llevándose la copa a los labios, bebió un trago de todas maneras.

Él observó el movimiento de su cuerpo al ladear la copa para beber y se la imaginó moviéndolo y curvándolo apretado al de él. Al instante se le endureció de excitación el miembro y comprendió que estaba perdido.

—Vine a buscar algo para leer, otra vez. Le escribí una nota a mi hermana Elizabeth pidiéndole que me enviara unos pocos libros que no necesitara. Pero no he recibido ninguna «carta» contestándome. —Volvió a acercarse la copa a los labios, bebió un poco de ponche y luego giró la cara de delicada estructura ósea hacia él, pasándose la rosada lengua por el labio inferior—. Me ibas a ayudar en mi búsqueda en la biblioteca, lord MacLaren.

Ah, las cartas, pensó Laird, yendo a situarse detrás del escritorio para ocultar la abultada prueba de su inoportuno deseo de ella.

—Sí, lo prometí.

Ella arqueó sus cejas rubias, interrogante, aunque mirándole el pecho.

—¿Has encontrado algo que pudiera interesarme?

—Todavía no, pero no he renunciado.

Entonces Apsley cayó en la cuenta de qué iba esa extraña conversación.

—¡Que me cuelguen! —Se echó a reír, se atragantó con el último trago de coñac y tosió, agitando la mano casi envuelta en los encajes del puño de la camisa—. Los dos estáis buscando esas malditas cartas ¡aquí!

—Chsss —susurró Anne.

Se puso un dedo sobre los labios, atrayendo hacia ellos la atención de Laird. Y continuó mirándoselos, deseando saborearlos, besarlos.

—Ah, pues, permitidme que os ayude en la búsqueda. —Apsley miró del uno al otro con los ojos brillantes de entusiasmo—. Será muy divertido.

—Espléndida idea, Apsley —dijo Laird, dándole una palmada entre los omóplatos.

Anne frunció sus hermosas cejas parecidas a alas.

—¿Qué? Él no puede...

—¿Buscar en el establo? —interrumpió Laird—. No, supongo que no podría, aun cuando fuera el único lugar que no hubiéramos registrado.

Apsley se echó a reír.

—Sé qué pretendes. Crees que sería muy divertido ver al vizconde hurgando por el estiércol, ¿verdad?

—Bueno, tú nos lo has pedido. Y aún no hemos buscado en el establo.

Diciendo eso levantó el decantador de coñac hacia él. Apsley negó con la cabeza.

—No, no. Me voy. Ser la tercera rueda del coche nunca ha sido mi preferencia. A no ser que las otras dos sean pelirrojas pechugonas. En ese caso, me tentaría. —Riendo para sus adentros se dirigió a la puerta, pero antes de salir al corredor se giró—. Pero me encargaré del establo mañana a primera hora, o..., bueno, sin duda antes de mediodía. Eso sí, escuchadme, si encuentro las cartas primero las leeré todas, una por una. Buenas noches.

Anne se cubrió la boca con la mano sin guante y se rió alegremente.

—¿El establo?

A Laird se le curvaron los labios.

—Mi padre no habría entrado jamás en un lugar tan sucio. Apsley puede buscar todo lo que quiera.

Anne bebió lo que le quedaba de ponche y entonces rodeó el escritorio y levantó hacia él la copa vacía.

—No querrás beber más, ¿verdad? ¿Y tu delicada constitución, qué?

—Vamos, Laird, sabes muy bien que no andaba buscando un orinal cuando entré en tu dormitorio.

Volvió a levantar la copa y él se la llenó.

—Lo sé, cariño. Me buscabas a mí.

Sonriendo casi coqueta ella dejó la copa en el escritorio, le cogió los hombros en gesto juguetón y lo acercó a ella.

—¿Cómo lo supiste, «cariño»?

Echó atrás la cabeza, con la intención de reírse, pero no se rió. Sus ojos se encontraron con los de él y al instante los dos se quedaron en silencio.

Él la miró pensando quien sería el primero en poner fin a ese peligroso juego; finalmente decidió que debía ser él. Ahuecándole la mano en la nuca le acercó la cabeza y le dio un violento beso, a lo bruto.

Ella apartó la cara pero no se desprendió de su mano ni retiró la manos de sus hombros.

—¿Por qué haces esto, Laird? —le preguntó, moviendo la cabeza tan lentamente, de modo tan imperceptible que él no entendió la pregunta—. ¿Por qué te portas como un libertino siempre que yo me acerco mucho? ¿Cuándo te enciendes?

Él desvió la mirada y suspiró.

—Sinceramente, no lo sé.

Volvió a mirarla a los ojos y esperó; sabía que ella le ofrecería una respuesta.

—Yo creo que lo sabes. Creo que es tu armadura. Tu protección de la intimidad.

Él emitió una risa seca, forzada.

—¿Besarte es mi manera de protegerme de la intimidad?

—Besarme así no es diferente de ahuyentarme; de mantener a raya cualquier posibilidad de ternura. —Le acarició la mejilla con las yemas de los dedos—. Pero no tiene por qué ser así. Eres un hombre fuerte, un hombre bueno, noble. Eres un hombre capaz de hacer cualquier cosa en que pongas el corazón y la mente. Laird, no tienes por qué simular que no te importa cuando te importa.

Laird desvió la cara pero ella le cogió la mandíbula y lo obligó a mirarla.

—No tienes por qué protegerte de mí. Jamás te haré ningún daño.

Entonces se rompió algo en su interior y no deseó otra cosa que abrazarla, besarla, amarla. Le ardieron los ojos al mirarle la cara.

Santo cielo, qué hermosa es.

El instinto lo impulsó a rodearle la cintura con las manos y apretarla contra él, firmemente. Deseó decirle que no era el sinvergüenza el que lo impulsaba hacia ella en ese momento, sino la necesidad de su cuerpo. Pero no encontró las palabras.

Al sentir su contacto Anne se puso rígida y en su cara apareció una expresión seria, circunspecta.

Ardía por esa mujer, y no le cabía duda de que ella sentía el bulto duro de su miembro apretado a su cuerpo. Se preparó para el dolor de cuando le abofeteara en la cara.

Pero la bofetada no llegó.

En lugar de eso, a ella se le agitó la respiración y no se apartó de él. Su mirada, que reflejaba recelosa excitación y alarma, se posó en su boca.

—Estamos comprometidos —dijo—. No creo que nadie le dé importancia si simplemente nos besamos.

Sin darle un momento para reconsiderarlo, él ladeó la cabeza para besarla. Posó los labios sobre los de ella y los mantuvo así, succionando suavemente y lamiéndole el labio inferior.

—Oh, milaird —musitó ella en el instante en que el apartó la boca.

Él le sonrió.

—Lo has dicho bien, muchacha. Le has cogido el tino.

Su voz sonó profunda, ronca, casi como un gruñido, y le hizo hormiguear la oreja, y más abajo también.

Sentía la aspereza de su piel en el mentón, el sabor a coñac en sus labios, y lo único que se le ocurrió pensar fue que no deseaba que acabara esa dicha.

Prácticamente se le disolvió la resolución de mantenerse impasible. Deseaba continuar simulando que era de él; continuar imaginándose un futuro con él, como su esposa.

Deseaba más que un beso.

Notó que se le endurecían los pezones y empujaban el suave satén del corpiño, y vio que al instante él se daba cuenta.

Sintió un tirón en la cinta que le cerraba el escote, bajó el corpiño, y asomaron los puntiagudos pezones a través de la seda de la enagua. Sintió subir el caliente rubor desde el centro de los pechos hasta las mejillas.

Él le cogió con más fuerza la cintura, la levantó y girándola en volandas la sentó en el escritorio. Volvió a apoderarse de su boca en un beso profundo, al tiempo que le separaba las rodillas y se instalaba entre sus muslos.

Sólo las delgadas telas de seda de la enagua y satén del vestido separaban su centro femenino del miembro de él. El pensamiento la volvió loca.

Él se apretó a ella y tuvo que apoyar las manos por detrás en el escritorio para no caer de espaldas.

Laird le puso una mano en la espalda, bajó la cabeza y con la boca bajó la enagua hasta dejarle libre un pezón, al que siguió todo el pecho redondo. Ahuecó en él la mano libre, le levantó el pezón hasta la boca y comenzó a lamérselo y succionárselo.

A Anne se le escapó un gemido. Eso estaba muy mal, pero nada le había parecido nunca tan correcto. Un estremecimiento le recorrió todo el cuerpo, haciéndole temblar el pecho.

Él metió suavemente la mano por debajo de la enagua, le liberó el otro pecho y comenzó a acariciarle los dos, moviéndole los pezones con el pulgar.

Estremecida, Anne levantó una mano, la ahuecó en su cuello y le bajó la cabeza hasta los pechos, instándolo a hacerle su magia, introduciéndose en el calor de su boca uno y otro pezón.

Comenzó a acumulársele tensión en el centro femenino mientras él le succionaba los pechos y, por instinto, levantó las piernas y le rodeó con ellas los musculosos muslos, apretándose a él.

Laird gimió y el gemido le produjo vibraciones insoportablemente maravillosas en el pezón. Entonces él levantó la cabeza y la besó, introduciéndole la lengua en la boca y moviéndola y deslizándola por la de ella.

Ella levantó la otra mano que tenía apoyada en el escritorio, le cogió el hombro y se echó de espalda, atrayéndolo hasta que quedó encima de ella.

Lo sintió sacar la mano que tenía a su espalda y luego sintió esa mano subiendo por su pierna, por debajo de la enagua y la falda, hasta llegar a la cinta con que se ataba la media. Y entonces sintió el deslizamiento de sus dedos por la sensible piel de la parte interior del muslo. Y la tocó.

Ahí.

Entonces él le deslizó los dedos por entre los pliegues de la vulva, haciendo salir el pegajoso líquido de la cavidad.

—Laird —resolló.

Él detuvo el movimiento.

No, no pares.

Él se enderezó y se quedó mirando sus muslos abiertos a él.

Le miró la cara.

Entonces retrocedió y le bajó la enagua y la falda, cubriéndola.

—Perdona, Anne, lo... lo siento. Condenación, no he cambiado. —Era evidente el disgusto en su voz—. No he cambiado.

Sin dejar de mirarla rodeó el escritorio y salió de la biblioteca dejando vibrando el aire con una sarta de juramentos.

Anne se bajó del escritorio y se acurrucó en el suelo.

—Santo Dios, qué idiota soy.

Capítulo 12

Cómo encontrar el camino en la oscuridad

La luz de la palmatoria que llevaba Anne formaba un círculo perfecto sobre sus pies cuando sus piernas, que sentía pesadas como plomo, iban subiendo la escalera principal y luego tomó por el largo corredor en dirección a su dormitorio.

Había hecho ese trayecto un montón de veces, de día y de noche, pero nunca antes se había sentido tan extraviada y necesitada de una luz orientadora.

Al entrar en su habitación vio que en el hogar ardía un fuego de carbón y el aguamanil estaba lleno de agua caliente, puesto sobre un pequeño brasero junto al hogar para que conservara el calor.

Vertió agua en la jofaina del lavabo, se quitó toda la ropa, mojó un paño y se restregó la piel con fuerza. Bah, como si fuera posible lavarse la humillación para poder recuperar su dignidad.

Él no tenía la culpa, de verdad que no. Ella se había dejado llevar por la fantasía que habían creado juntos.

Se había permitido creer que la farsa se estaba convirtiendo en realidad.

Se había entregado a las ardientes y apasionadas ansias que bullían dentro de ella por él.

Menos mal que no se había enamorado; eso por lo menos.

Era una idiota. Laird había reaccionado exactamente tal como ella debería haber esperado. Según le dijo, de corazón era un libertino, y una parte de él siempre lo sería. Respondió a su juego sensual, igualando su lujuria. Pero justo cuando el libertino que decía haber sido podría haber satisfecho su necesidad con ella, dio marcha atrás.

La libró de la deshonra.

Por seguna vez.

Buen Dios, sí que había cambiado.

A juzgar por la horrorizada expresión de su cara cuando salió corriendo de la biblioteca, seguro que se creía un malvado irreformable.

Su confusión y cansancio eran efecto de la cantidad de vino que había bebido. Por lo tanto se secó rápidamente, se puso la bata sobre los hombros y comenzó a quitarse las horquillas del pelo.

Pero el peine no estaba por ninguna parte. Una criada lo había guardado, seguro. Abrió el primer cajón de la cómoda baja que hacía de mesilla de noche, pero la parpadeante luz de la lámpara no iluminaba hasta el fondo del cajón. Palpando a ciegas para buscarlo, de repente tocó una hoja de papel vitela doblada; al parecer estaba metida en una rendija, casi a punto de quedar fuera de su alcance.

Cielos, ¿podría ser una de las cartas?

Con el corazón desbocado golpeándole el pecho, se arrodilló y metió el brazo hasta el fondo y, pasado un minuto, logró sacar la carta. Pero sólo era una. De todos modos podría ser...

Con las manos temblorosas la acercó a la luz de la lámpara y la desplegó. Estaba dirigida a Laird. Bajó la mirada a la firma y con la mirada bajó también su entusiasmo: era de Graham.

Porras, una decepción más.

Suspirando dobló el papel y lo metió en el cajón. Apagó de un soplido la vela de la lámpara, se echó en el borde de la cama, se acurrucó bien y cerró los ojos.

Lo que ocurrió en la biblioteca no fue culpa de Laird.

Había cambiado.

Era un caballero.

Se lo diría por la mañana.

Todavía estaba oscuro cuando Anne se despertó sobresaltada. El ruido de unas ruedas de un coche arrojando gravilla a la pared de la fachada de la casa la impulsó a bajarse de la cama y a acercarse a la ventana.

Se asomó justo cuando un lacayo levantaba una linterna y abría la puerta del coche. Del interior salió la risa de una mujer borracha.

Apoyó las manos y la frente en el frío cristal por si lograba ver a los ocupantes.

Apsley bajó el peldaño hasta el camino de gravilla con algo en la mano; parecía una botella vacía. Asomó el brazo desnudo de una mujer, le cogió la manga y trató de hacerlo subir al interior. Apsley se rió, tiró la botella al suelo y la complació.

Y entonces lo vio a «él».

Laird bajó del coche medio tambaleante. Se resbaló en el peldaño y cayó al suelo con un fuerte golpe. Se levantó cogiéndose de la puerta y miró al interior, justo cuando una señorita de pelo negro sacó la cabeza y adelantó la boca hacia él para que la besara.

Anne se estremeció y se apartó de la ventana.

¿Por qué? ¿Por qué? Ay, Dios, no podía seguir mirando. Le dolía demasiado.

Cerró la cortina sobre la desagradable visión. Corrió hacia la cama con los ojos llenos de lágrimas, ahogando los fuertes sollozos que le subían a la garganta. Esta vez echó atrás el cobertor y la sábana, se metió en la cama y se cubrió hasta la cabeza, para ni siquiera oír el ruido.

¿Qué había esperado?

Tal vez lady Henceford tenía toda la razón. Un tigre no puede cambiarse las rayas.

Laird era y siempre sería un libertino. No había cambiado.

Simplemente ella era tan boba que no se había dado cuenta.

Capítulo 13

Cómo convertirse en héroe

¡Rayos y truenos!

Sentándose en la cama Anne miró enfurruñada al gorrión posado fuera de su ventana que había tenido la osadía de despertarla con sus alegres trinos.

Se puso boca abajo y se cubrió la cabeza con una almohada para apagar el sonido de la feliz canción del pájaro. No le sirvió de nada; seguía oyéndolo.

Le venía bien, concluyó finalmente. Volvió a ponerse de espaldas y se sentó de mala gana. Al fin y al cabo tenía que vestirse y salir de la casa lo más pronto posible si no quería encontrarse con Laird en la sala de desayuno.

Dios de los cielos, de ninguna manera podía encontrarse con él ese día, después de lo ocurrido la noche anterior.

Pero no estaría mucho más tiempo en su vida, no, si podía evitarlo. No se enfadaría con él, porque él era así. Ella fue la tonta esa noche al convencerse de que había cambiado de verdad.

Pero le había prometido hacer ver a lady Henceford al caballero que había en él, y ganarse así la libertad para romper el compromiso. Y eso era lo que haría, en serio, y comenzaría esa misma mañana.

No desayunó, ni siquiera se asomó a la sala de desayuno. Dada su mala suerte, seguro que Laird y Apsley aún no se habían ido a acostar y estarían sentados a la mesa comiendo tostadas con mantequilla y bebiendo tazas y tazas de té caliente.

Al pensar en un bocadito le gruñó el estómago, pero decidiendo no arriesgarse a asomarse a la sala, simplemente cogió su chal y su pamela de paja con cinta de satén y salió.

El gorrión tenía razón al cantar. Hacía una mañana preciosa; un simpático cambio después de esa antipática noche. Era justo el día para endulzar su humor agrio.

Pero mientras iba por el camino de entrada tropezó con la botella vacía de Apsley. La cogió con rabia y la arrojó lo más lejos que pudo. Cuando oyó el ruido que hizo al quebrarse, sonrió y reanudó la marcha.

La brisa era suave y ya comenzaba a calentarse con el sol. El cielo estaba despejado, de un azul tan vivo e intenso como los ojos de Laird.

Buen Dios, ¿de dónde le vino ese pensamiento?

Sus libertinos ojos azules, se dijo. *No lo olvides.*

Aceleró el paso, esforzándose en pensar cosas felices; al fin y al cabo pronto se libraría de Laird para siempre. Eso era un buen motivo para alegrarse, ¿no?

Se obligó a sonreír. Sí, tomado todo en cuenta, era el día perfecto para atravesar los campos hasta llegar a Chasten Cottage,* la encantadora casa de piedra de lady Henceford. Bueno, en realidad, para hablar claro, era una casa señorial, nada menos.

No entendía por qué la llamaban casita de campo, porque no lo era. Era bastante grande, según cualquier criterio. Después de todo, ¿qué casita de campo tiene salón de baile, aunque sea uno

---

* Cottage: casita de campo.

humilde? ¿O un inmenso comedor, adecuado para que lo visite la reina Charlotte?

No, lo único humilde que tenía esa casa, concluyó, era su nombre ridículamente inapropiado.

Se fue levantando más y más la falda para caminar por la hierba fresca y alta. El sol aún no había secado el rocío de las puntas de las hojas de hierba y no tardó en tener las medias empapadas.

Porras. Fatalidad.

Pero continuó, curvando nuevamente los labios en una falsa sonrisa.

Había prometido convencer a lady Henceford de que lord MacLaren había cambiado, que ahora era un caballero. Y eso haría, lo más pronto posible, tal vez esa misma mañana.

Sí, ese sería el día en que cumpliría el trato hecho con ese diablo de ojos azules para poder volver a Londres, y sacarse de la cabeza para siempre ese escritorio de la biblioteca. Nunca ocurría nada bueno cuando estaba cerca de él.

Ya había registrado la mayoría de las habitaciones de MacLaren Hall, sin encontrar las cartas. ¿Y si nunca hubiera habido ninguna carta? Apretó el paso, pensando en esa posibilidad.

Los Viejos Libertinos habían manipulado y engañado a su hermana con el fin de que se casara con el duque de Blackstone; ¿y si los viejos casamenteros tenían la misma intención para ella y lord MacLaren? Él era conde, y un libertino, lo que lo convertía justo en el tipo de hombre que elegirían ellos.

No, ridículo. No, no, no. Ni siquiera ellos llegarían a esos extremos para orquestar un matrimonio así.

—¡Anne!

Giró la cabeza.

Se acercaba un jinete, procedente de MacLaren Hall.

Porras, porras. Laird.

Chasten Cottage no estaba muy lejos. No podía estarlo. Entrecerró los ojos y miró hacia la loma que se elevaba más adelante. La casa no estaba visible aún, pero según le dijo lady MacLaren, la propiedad de lady Henceford lindaba con el campo norte de MacLaren Hall, así que tenía que estar cerca.

Por lo tanto, echó a correr.

—¡Anne, para!

El ruido de los cascos del caballo sonaba más fuerte detrás, pero no se atrevió a girarse a mirarlo.

Le pareció que al otro lado de la loma que iba subiendo el terreno bajaba, y más allá vio un riachuelo atravesado por unas cuantas piedras planas que servían a modo de puente. Hacia allá se dirigió.

Laird ya tenía que estar a unas pocas yardas detrás. La llamaba con insistencia, pero ella no se iba a detener por él.

—¡Anne, tienes que parar! Delante de ti...

Al avanzar un pie sólo pisó aire, más allá del borde de la pared rocosa de un barranco. Trató de parar, pero con el impulso que llevaba se le fue el cuerpo, y lanzó un grito al caer.

Laird se apeó de un salto y echó a correr hacia el precipicio.

—¡Anne!

Estaba colgando precariamente, agarrada de una gruesa raíz que salía de una grieta de la pared rocosa a unos tres palmos del borde. Sus ojos dorados lo miraban suplicantes.

—Auxíliame, por favor —resolló.

—No te sueltes, Anne. —Se tendió boca abajo y se arrastró hasta asomar el pecho por el borde. Alargó la mano y le cogió la muñeca—. Ya te tengo. Ahora apoya las botas en la roca hasta encontrar un hueco para afirmar el pie mientras yo te subo.

Ella asintió y en realidad fue subiendo por la pared mientras él la levantaba, hasta que pudo cogerla por la cintura, pasarla por el borde y dejarla tendida sobre terreno firme.

Laird rodó hasta quedar de espaldas, y estrechó entre sus brazos a aquella picaruela, bien sujeta, no fuera a intentar huir y meterse en una situación peor.

—¿Te encuentras bien?

Sintió en el pecho el movimiento de la cabeza de ella al asentir, mientras recuperaba el aliento.

—Me... me he lastimado una rodilla —resolló—. Nada más.

—¡Muy bien! —gritó una conocida voz femenina desde la distancia, y a eso siguió un fuerte aplauso.

Laird se sentó y Anne también.

Al otro lado del barranco, en la cima de una colina baja salpicada de árboles estaban cuatro mujeres de diversas edades, tamaños y formas. Detrás de ellas se veían caballetes y mesas con útiles para pintar.

Una de las mujeres se apartó del grupo y empezó a bajar la colina.

—Parece que ser un héroe se ha convertido para usted en una forma de vida, milord.

Se echó a reír pero al instante paró y se dio unas palmaditas en el trozo de escayola blanca que le cubría el puente de la nariz.

—Constance —musitó Laird.

—Te he dicho que puedo caminar —protestó Anne—. Vamos, podría bailar si quisiera. ¡Bájame, Laird, inmediatamente! Ve a ocuparte de tu caballo o a hacer cualquier otra cosa.

Sin hacerle caso, él entró en la casa con ella en brazos, se dirigió al salón y allí la tendió en un sofá de damasco color clarete.

—Iré a buscar al médico personal de lady MacLaren para asegurarme de que estás bien.

Anne levantó la cabeza y la apoyó en las manos.

—No al doctor Willet, por favor. Después de haberle escayolado la nariz a lady Henceford, seguro que ya me considera una amenaza para todo Saint Albans.

—Enviaré a mi madre para que te acompañe. No te muevas —dijo él.

Acto seguido salió casi corriendo del salón.

Vaya, ¿para qué armar tanto alboroto? Frustrada, volvió a apoyar la cabeza en el sofá. Tal vez él simplemente se sentía culpable por lo de la noche pasada. Por haberla humillado y por esa salida nocturna posterior con Apsley y sus risueñas camareras de taberna.

Seguro que por eso armaba tanto escándalo por su pierna. Ella ya le había dicho que estaba bien. Se miró la rodilla e hizo un mal gesto. Estaba muy bien. Bueno, bastante bien.

Lady MacLaren entró a toda prisa en el salón. Al instante su mirada se dirigió a su rodilla ensangrentada y desnuda.

—Dios mío, ¿ahora qué?

A gritos llamó a una criada y le ordenó que le trajera agua y un paño. En cuanto lo tuvo todo, se aplicó a limpiarle la sangre de la rodilla.

—Por favor, lady MacLaren, no tiene por qué molestarse. Sólo es un rasguño.

Fuera crujió la gravilla y saltaron piedrecitas. Anne miró hacia la ventana por encima del respaldo del sofá. Alcanzó a ver la parte de atrás de un landó que pasó junto a la casa.

Sonó un golpe en la puerta principal y no tardaron en hacer pasar al salón a lady Henceford, acompañada por una chica pecosa que tendría unos catorce veranos y dos señoras mayores.

Lady MacLaren se puso de pie y Anne se sentó bien en el sofá. Le dolió la rodilla al cubrírsela otra vez con la enagua y el vestido de paseo de piqué estampado. Se obligó a sonreír mientras lady Henceford les presentaba a sus tías, señoras Forthwit y Bean, y a la niña, que era su prima Hortense.

—Hemos venido a ver cómo está, señorita Royle —dijo lady Henceford.

Sus palabras parecían indicar verdadera preocupación, pero la expresión casi divertida de sus ojos le dijo a Anne otra cosa.

—Y a conocer al héroe —soltó la señorita Hortense antes que la hicieran callar.

—Bueno, el héroe no está en casa, pero yo estoy muy bien.

Sonrió muy amablemente, aun cuando ya comenzaba a dolerle de verdad la rodilla.

—Sí, sólo es un rasguño —bromeó lady MacLaren—. No hace falta que nadie se preocupe. Pero gracias por venir.

Al mirar a lady Henceford entrecerró levemente los ojos, pero su sonrisa continuó siendo muy digna de una anfitriona.

Anne sabía lo difícil que le resultaba a lady MacLaren ver con buena cara en el salón de su casa a la mujer que había avergonzado tanto a su familia; era encomiable su fortaleza; sus modales eran impecables. Dicha fuera la verdad, dudaba de ser capaz de mantenerse tan calmada si estuviera en la misma situación.

Cuando quedó claro que las damas no tenían la intención de marcharse pronto, lady MacLaren las invitó a tomar asiento y ordenó que trajeran té.

—¿Es cierto, señorita Royle, que usted había estado a punto de ahogarse en el Serpentine y lord MacLaren le insufló nuevamente vida a su cuerpo? —preguntó la señora Bean y se inclinó esperando la respuesta.

—Bueno, por así decirlo, más o menos fue así.

Las dos tías se miraron y se rieron tontamente, entusiasmadas.

—Qué caballero tan fuerte y tan capaz —comentó la señora Forthwit a lady MacLaren—. Claro que usted no estaba allí, pero hace menos de una hora vimos a su hijo coger a la señorita Royle de la pared de un precipicio y subirla hasta sus brazos como si fuera tan liviana como un pájaro.

—¡Santo cielo, Anne! —exclamó lady MacLaren, agitando las blancas cejas como alas de paloma—. Laird no me ha dicho ni una sola palabra de eso. Sólo que te caíste y te lastimaste la rodilla. ¿Es cierto eso, Anne?

—Bueno, sí. Más o menos.

Lady MacLaren se llevó las manos a las mejillas.

—¿Quieres decir que te caíste por el barranco que limita los campos del norte?

—Sí, sí, ahí se cayó —contestó la señora Bain—. Todas la vimos caer. Estábamos pintando justo al otro lado. Si lord MacLaren no hubiera estado ahí para salvarla, seguro que habría muerto.

Anne se llevó la mano a las cejas para ocultar que ponía los ojos en blanco. Sí, pero no me habría caído si él no me hubiera ido persiguiendo.

—Anne, podrías haberte matado —dijo lady MacLaren, poniéndole una mano en la rodilla; al oírla ahogar una exclamación, retiró al instante la mano—. Perdona, hija.

A Anne le dio un vuelco el corazón. ¿Hija?

—¿Hija? —repitió lady Henceford arqueando una negra ceja—. Pero lord MacLaren y la señorita MacLaren sólo están comprometidos. Un compromiso sólo es una promesa efímera de algo que aún no es.

Las mejillas de lady MacLaren se colorearon de rojo amapola.

—Algunas personas valoran más sus promesas que otras.

—¿Qué quiere decir, lady MacLaren? —le pinchó lady Henceford—. ¿Que yo no cumplí mi promesa con su hijo?

Anne apretó el puño. Lady Henceford ya le estaba agotando terriblemente la paciencia. Por mucho que la hubiera herido Laird la noche pasada, no iba a permitir que hablara mal de él, o hiriera a lady MacLaren más de lo que ya la había herido.

Siendo la dama que era, lady MacLaren no contestó nada, pero le temblaron las manos al servir el té para ellas y las visitas.

Lady Henceford no fue tan refinada.

—¿Cómo podía honrar mi promesa cuando él...?

—Salvó a una mujer y a sus tres... gatos, de un incendio en una panadería de Cheapside justo el mismo día que volvió a Londres —interrumpió Anne—. Supongo que habrán leído lo del incendio en los diarios de Londres.

Cáspita, ¿de dónde le salió esa mentira? Fue como si simplemente, sin ser invitada, hubiera saltado de su boca al salón.

—¿Ah, sí? —rió lady Henceford—. ¿Rescató a una mujer y a sus gatos? No sé, encuentro bastante increíble esa historia suya, señorita Anne.

Anne rogó que no le subiera el rubor a las mejillas por la mentira. Los gatos, bueno, eso podría haber sido demasiado. Pero Laird sí le había salvado la vida a ella ese día. Tenía que defender su buen nombre.

—Caramba, sí que recuerdo haber leído lo de ese incendio —dijo la señora Forthwit—. Murieron por lo menos doce personas. No sabía que fue lord MacLaren el que salvó a la mujer del panadero, ¿y a unos gatos también ha dicho?

—Mi hijo es muy valiente —terció lady MacLaren.

Miró a Anne e hizo un firme gesto de asentimiento, como si con ese comentario reforzara su estrafalaria historia sobre el heroísmo de Laird.

—Mamá, ¿a qué hora va a volver lord MacLaren? —preguntó Hortense en voz baja, mirando a la señora Bean—. Quiero conocer al héroe «hoy».

—Bueno, pueden comprender muy bien por qué accedí a nuestro compromiso —dijo Anne con la mayor naturalidad—. Sólo lo conocí cuando volvió a Londres después de su periodo de luto. Pero nunca en mi vida había conocido a un hombre mejor. Es el caballero más valiente, más amable, más generoso que he tenido el honor de conocer. ¿Sabían que donó una considerable suma al Real Hospital Militar de Chelsea?

Ay, no. Otra vez. Lo había convertido en héroe tres veces y ahora lo convertía en filántropo.

Un coro de apreciativos suspiros llenó el aire.

Vacilante miró hacia lady MacLaren, pensando que detectaría al instante sus mentiras. Pero no, lady MacLaren estaba sonriendo, sus ojos a rebosar de orgullo, mirándola a ella.

Tragó saliva, con la esperanza de tragarse cualquier otra mentira que se estuviera preparando para salir de sus labios.

Detestaba mentir. Era fatal en eso de decir mentiras, incluso mentirijillas piadosas para evitarle sufrimiento a alguien. Siempre había sido así.

¿Por qué, entonces, daba la impresión de que no pudiera parar de mentir?

Capítulo 14

Cómo salvar a un gato

Dentro de una semana estará tan bien como una lluvia de marzo —dijo el doctor Willet terminando de enrollarle la venda en la rodilla y haciendo el nudo.

Laird vio la mirada exasperada que dirigió el médico a Anne cuando ella bajó los ojos para cubrirse la pierna con las faldas.

Entonces el doctor Willet se giró a mirar a lady MacLaren.

—Aunque usted podría intentar convencerla de que no salga de la casa otros quince días, por su propio bien.

—Muchísimas gracias por atender a nuestra Anne, doctor Willet —dijo ella, y salió con él al vestíbulo quejándose de la rigidez que siempre sentía en los hombros después de una lluvia torrencial.

Laird fue a cerrar la puerta hasta dejarla apenas un dedo entreabierta.

—Anne, sólo tenemos un momento para hablar antes que vuelva mi madre, así que, por favor, escúchame. Perdona lo de anoche.

Ella intentó alejarlo con un gesto de la mano, pero él se acercó más. Comenzaron a brillarle los ojos dorados.

—¿Qué es lo que encuentras tan repugnante en mí? —le preguntó ella.

—¿Qué?

Movió la cabeza confundido y se arrodilló junto al sofá.

—¿Qué es exactamente? Necesito saberlo.

—Anne, adoro todo de ti, todo. Eres entretenida, amena, hermosa, valiente y amable.

Alargó la mano hacia ella, pero ella se echó hacia atrás, dejando muy claro su deseo de evitar su contacto.

—Tiene que haber algo en mí que detestas —dijo ella, rodeándose fuertemente con los brazos.

Él expulsó el aire en un soplido.

—¿Por qué estás tan convencida de eso? ¿Porque no te hice el amor?

—¡Sí! Primero pensé que se debió a que habías cambiado y deseabas evitarme la deshonra. Porque eras un caballero. —Le tembló de emoción la voz—. Habías cambiado.

—¿No lo entiendes, Anne? No he cambiado. Lo he intentado, maldita sea, pero no ha servido de nada. Soy irreformable, un sinvergüenza hasta la médula. Mi padre tenía razón en lo que decía de mí.

—Vi el horror en tu cara cuando te apartaste de mí. Comprendí entonces que ya no creías en tu transformación. Dudabas de ti. Tenía que hablar contigo, tenía que hacerte ver que estabas equivocado. Laird, anoche intenté quedarme levantada para hablar contigo, pero el vino... Me quedé dormida...

—Anne.

Entonces cambió la expresión de ella, se endureció.

—... y me despertó el ruido que hicisteis tú y Apsley con vuestras amigas al llegar a casa.

—Anne, tienes que creerme, eran amigas de Apsley, no mías. Te aseguro que no ocurrió nada.

—Pero yo vi...

—¿Qué, Anne?

A ella se le agitaron las ventanillas de la nariz y sorbió, para contener las lágrimas.

—N-nada.

Se levantó y pasando junto a él se dirigió a la puerta cojeando.

—Discúlpame, por favor.

—¡Anne! —Levantándose le tendió la mano, pero ella ya había desaparecido en el vestíbulo, dejando la puerta abierta—. En la biblioteca, no lo hice porque... porque... —Cerró la boca y bajó la mano al costado—. Porque te amo.

Sus palabras quedaron vibrando en el salón vacío hasta que se las tragó el silencio.

Entró lady MacLaren y estuvo un momento haciéndole bromas con el tema que Anne había hecho resurgir.

—Laird, ¿por qué no me contaste lo del incendio? Eres un verdadero héroe.

Laird enderezó la espalda y se ordenó borrar cualquier resto de emoción que le quedara en la expresión.

—Nuestra querida Anne se siente muy orgullosa, parece que no puede evitar contárselo a todo el mundo.

—¿El incendio?

A su madre le brillaron de regocijo los ojos y frunció los labios para reprimir la risa.

—Ah, sí, un incendio terrible, con gatos.

Laird se pasó una mano por el pelo.

—Santo Dios, ¿en serio dijo... gatos?

Lady MacLaren no pudo continuar reprimiéndose y se echó a reír.

—Ah, sí, gatos. Y tú, cariño, eres el héroe de los gatos.

Anne se arrojó sobre la cama y se cubrió los ojos llenos de lágrimas y las mejillas mojadas.

—¿Por qué no puedo refrenar mi corazón cuando él está cerca?

Cerrando el puño golpeó la cama.

Dios sabía cuánto había intentado mantenerse calmada y serena en presencia de Laird, pero en el instante en que él cerró la puerta del salón y la miró con esa expresión pesarosa, comprendió que debía salir de ahí aunque fuera cojeando. Pero no lo hizo, y pareció abrírsele una dolorosa herida en el pecho dejando salir palabras de pena y llorosas acusaciones.

Patética, eso es lo que era.

No debería haber venido a Saint Albans. Representar el papel de novia de un pícaro de primera clase era muchísimo más difícil de lo que se imaginó jamás. Ni siquiera tenía experiencia en el trato con caballeros corrientes. ¿Qué la hizo creer que podría habérselas con un hombre tan extraordinario como Laird? Un hombre tan encantador, tan inteligente, tan guapo, tan hábil. Se ruborizó hasta la raíz del pelo al recordar su deliciosa boca, sus manos... vagando por su cuerpo.

—¡No, no, no! —exclamó, frotándose la cara con las dos manos. No debía ni pensar en esas cosas.

Se incorporó y se sentó en el borde de la cama. Lo único que tenía que hacer era dejar de engañarse pensando que Laird estaba interesado en ella como algo más que un medio para parecer respetable, y concentrarse en la complección de dos tareas: buscar las cartas y hacer todo lo posible para que lady Henceford viera lo bueno que había en él. Y ya está.

Ahora que sabía cuáles eran sus momentos de debilidad cuando estaba en su presencia, podría arreglárselas. Sería bastante sencillo. Simplemente se mantendría estoica y flemática siempre que se encontrara en la desafortunada situación de estar a solas con él.

Sencillo.

Una hora después Laird divisó a Anne cortando flores en el jardín. En la cara ya no tenía señales de haber llorado, no tenía los ojos enrojecidos y su rostro se veía bastante sereno. Sí, ese era el momento para intentar otra disculpa.

Haciendo el menor ruido posible abrió la puerta cristalera y salió al sendero del jardín.

—Anne.

Ella se sobresaltó al oír su voz y empezó a alejarse a toda prisa, pero de repente se detuvo. Se giró lentamente a mirarlo y alzó el mentón.

—Justo estaba pensando que podría servirme tener a un libertino en el jardín.

Se lo merecía, pensó él.

—Anne, lo siento.

—No tienes por qué disculparte. Ya estoy bastante recuperada.

Como una libélula alrededor de un charco en el sendero del jardín, su mirada revoloteó por todo él.

Ah, abordándola con franqueza no llegaría a ella. Tal vez de otra manera.

Levantó las manos con las palmas abiertas y la obsequió con una leve sonrisa.

—¿Gatos?

Habría jurado que una sonrisa pugnó por asomar a sus labios.

—Bueno, no sabía si la mujer sobre la que leí en el *Times* tenía hijos. —Se le contrajeron los músculos de la garganta al tragar saliva—. Gatos. La palabra simplemente se me deslizó por la lengua. No sé cómo explicarlo, así que no lo explicaré.

—Muy bien, entonces, permíteme comprobar, por favor, si llevo bien la cuenta de todos mis actos heroicos antes que vuelva a hablar con mi madre o con alguna persona de Saint Albans.

Ella asintió.

—Te salvé de ahogarte. Saqué a una mujer, y... a sus gatos, de una casa que se estaba incendiando, y es mi mayor deseo en el mundo contribuir al bienestar de la humanidad mediante la caridad. Ah, y te salvé de una muerte segura cuando te caíste por un barranco. ¿Está todo correcto, Anne?

Anne tenía agrandados los ojos como platos cuando volvió a asentir.

—¿No he olvidado nada?

—Todavía no.

Laird la miró incrédulo.

—¿Todavía?

—Desde que llegamos no he logrado localizar ningún diario de Londres. —Se encogió—. Leo las noticias y, bueno, no sé por qué, pero últimamente me salen esas cosas que he leído transformadas en historias heroicas acerca de ti.

—Maldita sea, Anne, esos cuentos se tienen que acabar.

A ella le relampaguearon los ojos.

—¿Crees que no lo sé? Pero lady Henceford sabe ser tan educadamente... horrenda. Si hubiera dicho alguna palabra más, tu madre se habría echado a llorar. Era o taponarle la boca con un pañuelo, lo que habría sido difícil con la rodilla sangrando, o decir algo que tuviera el mismo efecto. Opté por lo segundo.

¿Podía ser que Anne se refiriera a «su» lady Henceford? ¿A Constance, la viuda elegante y de voz suave que no deseaba otra cosa en el mundo que leer en su jardín, cantar cuando se presentaba la ocasión y tocar el piano? Seguro que no.

Entonces lo entendió. Eso no iba de lady Henceford en absoluto. Iba de esa noche.

—¿Qué le dijo a mi madre que la afectó tanto?

Anne agitó una mano.

—Ah, no lo recuerdo... exactamente. Estaba a punto de atacarte a ti. Así que se lo impedí.

—¿Convirtiéndome en un personaje heroico fuera de serie?

—Sí. —Cojeó hacia un rosal con rosas rojas—. ¿No hemos hablado bastante ya? Por hoy no diré nada más. Además, todo esto fue idea tuya.

—¿Idea mía?

—Sí, totalmente tuya. Yo no quería perpetuar la mentira de nuestro compromiso. Tú me obligaste a continuar esta estrambótica farsa. Tú me obligaste a aceptar ayudarte a redimirte a los ojos de lady Henceford.

—¿Y es «esto», Anne, lo que crees que quise decir?

—Te dije que no era capaz de hacerlo. Que esto era totalmente ajeno a mi naturaleza. Sin embargo, tú me presionaste. —Cojeó hasta la puerta y la abrió, y antes de entrar lo miró por encima del hombro—. Así que esto es lo que tienes, gatos.

Condenación. El día se había ido derecho al infierno.

Y esa mañana lo único que había deseado era buscarla para disculparse.

Dos días después

Durante dos días enteros Anne había encontrado pretextos, por débiles y horrorosamente transparentes que fueran, para evitar quedarse a solas con Laird.

Y ese día, cuando se le ofreció el primer verdadero motivo para ausentarse de MacLaren Hall, a Laird no se le veía por ninguna parte. Echando una mirada de despedida a la ventana del dormitorio de él, subió al coche que le había enviado lady Henceford para llevarla a Chasten Cottage a tomar el té.

Ah, dudaba que lady Henceford hubiera tenido la amabilidad de enviarle el coche en consideración a su rodilla. Las mujeres como ella siempre tienen un motivo ulterior para sus gestos de amabilidad. Lo más probable era que no quisiera arriesgarse a que llegara Laird a rescatarla a ella de algún accidente imprevisto.

Se golpeó la cabeza en el respaldo del asiento cuando el cochero hizo restallar el látigo y el coche emprendió la marcha con una sacudida.

Temía aquella invitación de lady Henceford, pero se sintió obligada a aceptarla.

Le había hecho a Laird la promesa de redimir su reputación y la mantendría, aunque sólo fuera para apresurar su regreso a Londres. Sumida en sus pensamientos iba mirando por la ventanilla sin ver nada, mientras el coche traqueteaba por el accidentado camino.

Ese día tendría más cuidado con sus palabras. Asintió resueltamente. Nada de hablar de rescates peligrosos, ni de gatos.

Uy, qué manera de hacer el ridículo.

Gatos. ¿Cómo pudo ocurrírsele eso? Ya no había manera concebible de que lady Henceford le creyera más historias sobre actos heroicos de Laird.

Suspirando miró la tarjeta que le había entregado el mayordomo.

Sólo era un enorme regalo de la suerte que lady Henceford hubiera presenciado un rescate auténtico de Laird, porque las otras historias contadas por ella eran pura espuma y merengue. Y pelaje. Se encogió al recordarlas.

Por desgracia, la prueba más convincente que podía dar para apoyar la realidad de que Laird sí había cambiado, aun cuando después, esa misma noche, demostró lo contrario, era que no le hizo el amor aún sabiendo que eso era lo que más deseaba ella en ese momento.

Pero, lamentablemente, esa prueba tenía que mantenerse en secreto, no podía comentarla con nadie, y mucho menos con lady Henceford.

Transcurridos unos cuantos minutos el coche terminó de

pasar junto a un elevado seto y quedó a la vista Chasten Cottage.

Afirmó los dedos enguantados en la parte superior del marco de la ventanilla y asomó la cara a la brisa para contemplar la casa a medida que se iban acercando.

Justo en ese momento estaba saliendo otro coche de la propiedad y el coche en que iba ella se detuvo para dejarle paso.

Cuando pasó de largo, alcanzó a ver al pasajero. El caballero se tocó el ala del sombrero en el momento en que se cruzaron, y un escalofrío le bajó por el espinazo.

Sacó el cuerpo por la pequeña ventanilla, lo más que pudo sin caerse, para asegurarse de que no había visto mal.

La brisa le dio en la cara haciéndole lagrimear los ojos, pero el distintivo blasón MacLaren pintado en la puerta del coche de ciudad fue toda la confirmación adicional que necesitaba.

Laird.

¿Cómo podía hacerle eso?

Entró el cuerpo y al sentarse dio un fuerte puñetazo en el mullido asiento. Las lágrimas provocadas por la brisa le bajaron por las mejillas. Hurgó en su ridículo y sacó un pañuelo para limpiárselas.

No quería que lady Henceford creyera que estaba llorando, porque no lo estaba. No, no estaba llorando.

Las lágrimas se debían a la brisa, no a que acababa de ver a su prometido, su fingido prometido, saliendo de la casa de su ex novia. No, de ninguna manera se debían a eso.

Capítulo 15

Cómo tomar el té

Tomar el té con lady Henceford después de haber visto a Laird salir de su casa la puso en una situación muy violenta, lo que no le mejoró en absoluto el humor.

—Querida Anne, cuánto me alegra que tu caída por el acantilado no te causara ninguna lesión irreparable —dijo lady Henceford, obsequiándola con una empalagosa sonrisa.

—Sólo fue un rasguño. Tuve mucha, mucha suerte de que llegara Laird en el momento en que lo hizo.

Correspondió la insulsa sonrisa de lady Henceford con una igual de empalagosa.

Pensó si debería decir que en el camino lo había visto pasar en su coche, o simular que estaba dichosamente ignorante de que su futuro marido le había hecho una visita a la viuda.

Lady Henceford sirvió el té llenando hasta el borde la taza destinada a ella y se la pasó con sumo cuidado.

—Lady MacLaren parece estar muy entusiasmada por la perspectiva de la boda de su hijo —comentó.

—Sí, en efecto.

Cogió el platillo sin ningún cuidado, como si estuviera distraída, y lo colocó delante de ella, sin importarle un pepino si se derramaba y salpicaba la pulida superficie de la mesita.

Pensándolo bien, reflexionó, dado que lady Henceford había enviado su coche a recogerla y probablemente sabía que los dos coches se cruzarían en el camino, otra opción sería no decir que lo había visto y esperar para ver en qué momento y en qué contexto la viuda le daba la información.

Se decidió por esa opción, después de ver lo de la taza demasiado llena. Tranquilamente se las arregló para bebérse el té y masticar la galleta de limón mojada, esperando que el informe sobre la visita de Laird saliera finalmente de la engreída boca de su anfitriona.

—¿Cuándo se van a fijar las proclamas? —preguntó lady Henceford, con aire inocente.

—Pronto, supongo. Aún no hemos hecho planes para la boda. Mi hermana Mary está en los últimos meses de embarazo y le resultaría muy difícil viajar.

Esbozó una simpática sonrisa. Era mejor que lady Henceford creyera que tenía tiempo de sobra para recuperar a Laird si era eso lo que pretendía.

Buen Dios, ¿no sería eso precisamente lo que se proponía la viuda? Sabía que debería sentirse feliz ante esa muy creíble posibilidad; pero no era así.

—Recuerdo cuando Laird..., oh, no te molesta si lo llamo por su nombre de pila, ¿verdad? —Lady Henceford estaba casi sonriendo—. Así fue como me pidió que lo llamara y por lo tanto así es como pienso en él.

—Ah, no cambies esa forma de pensar en él por temor a ofenderme —contestó Anne, tomando otro bocado de su galleta.

Lady Henceford se inclinó sobre la mesita que las separaba.

—¿Así que estás muy enamorada?

Por lo que fuera, esa pregunta la golpeó con fuerza, desequilibrándola. Sintió una opresión en el pecho, similar a cuando llevas un corsé muy ceñido.

—¿O no lo sabes, Anne? —continuó lady Henceford, y curvó la comisura izquierda de la boca, como si estuviera expectante por oír la respuesta—. ¿Has estado enamorada antes?

—Nunca me había sentido como me siento ahora. Jamás en mi vida. Cuando le veo, me recorre toda entera una estremecedora emoción. Me hace reír. Me hace sentir como si yo estuviera en mi mejor aspecto siempre que estamos juntos, como si no hubiera nada que no pudiera alcanzar.

Se llevó la taza a los labios, sorprendida ella misma por sus palabras.

Lady Henceford pestañeó, al parecer absolutamente estupefacta.

Por lo tanto, Anne continuó:

—Cuando estamos separados, me siento como si me faltara una parte de mí, y sólo vuelvo a sentirme completa cuando de nuevo estamos juntos. Hasta que conocí a Laird, no sabía que estaba incompleta.

—Ooh —musitó la viuda, mirándola.

Era evidente que no esperaba oír lo que acababa de decirle, coligió Anne. Y, bueno, la verdad era que ella tampoco había esperado esas palabras antes de decirlas.

Se quedó muy quieta.

Porque cada palabra era cierta.

Sintió subir calor desde el centro de los pechos hasta el cuello y la cara, pues la azoraba bastante haber desnudado su corazón de esa manera, porque eso era lo que había hecho, y ante lady Henceford, nada menos.

—¿Y usted, lady Henceford, perdón, y tú, Constance? Estuviste casada, pero conozco lo bastante el mundo para saber que en Inglaterra la mayoría de los matrimonios no son uniones por amor.

Lady Henceford bajó la vista a su taza, la hizo girar y contempló su contenido, pensando la respuesta.

—Estuve enamorada una vez. Pero era un amor imposible —añadió, emitiendo una risa seca. Levantó la cabeza y la miró—. Nunca se lo he dicho a nadie.

—Disculpa, por favor —dijo Anne, mirándola por encima del borde de su taza—. No debería haber preguntado.

—Estuve enamorada. Conocí todos los sentimientos que has expresado y más. —Supiró tristemente—. Pero mis padres me habían arreglado un matrimonio. Lord Henceford era mucho mayor que yo. Más cercano a la edad de mi abuelo que a la mía.

Anne hizo un gesto de pena.

—¿Tú no tuviste ni voz ni voto en el asunto?

—No. Así que tuve que despedirme amablemente de mi amor.

Anne suspiró también. De repente, encontró conmovedora la historia.

—¿Y has vuelto a verlo alguna vez?

Lady Henceford negó con la cabeza.

—No, poco después Graham compró una comisión en el regimiento catorce de los Light Dragoons.

—¿Graham? —exclamó Anne, enderezando la espalda—. ¿Graham Allan? ¿El hermano de Laird?

Lady Henceford agrandó los ojos.

—No, sólo he dicho que «él» compró una comisión. Oíste mal, Anne.

—No, no creo que haya oído mal. Dijiste «Graham».

Brotaron lágrimas de los ojos castaños de lady Henceford.

—No, estoy segura de que oíste mal. —Como si tuviera miedo, se llevó las manos al estómago y se lo apretó—. Perdóname, Anne, por favor, de repente no me siento bien. Ordenaré que traigan mi coche para que te lleve. Si no te importa, terminaremos el té en otra ocasión.

Anne estaba pasmada.

—No, por supuesto que no me importa, Constance. ¿Puedo hacer algo para aliviarte el malestar?

Lady Henceford negó con la cabeza.

—No. Que pases un buen día, Anne.

—¿Ya has encontrado algo interesante para leer? —preguntó Anne.

Sobresaltado, Laird se giró bruscamente y soltó el montón de partituras, que quedaron esparcidas sobre el parqué.

—No te oí entrar. —Se arrodilló y comenzó a recogerlas—. ¿Qué tal te ha ido la tarde? No te has ausentado mucho rato.

—No. De repente lady Henceford se sintió muy mal. —Se arrodilló a su lado y comenzó a ayudarlo a recoger partituras—. ¿Cómo estaba cuando la visitaste?

No lo miró, pero él notó que dejó inmóviles las manos esperando la respuesta.

—Lady Henceford me había invitado a almorzar.

—Bueno, eso lo explica. Demasiada comida en muy poco tiempo.

Laird se sorprendió; no estaba preparado para el crudo sarcasmo que detectó en su tono.

Le puso una mano en el brazo.

—Anne, los dos estamos trabajando por un mismo fin: reparar mi imagen a los ojos de lady Henceford.

La sintió encogerse y deseó con toda su alma no haber dicho esas palabras.

Anne le quitó la mano que tenía en su brazo y se incorporó.

—Esta es la última sala que queda por revisar, ¿verdad? ¿Ninguna carta?

Laird negó con la cabeza.

—Yo, en cambio, he encontrado una.

Él levantó la cabeza para mirarla y vio que tenía un papel

doblado en la mano. Ella se la tendió y, sin dejar de mirarla a los ojos, la cogió.

—La otra noche la encontré atrapada en una rendija del fondo de un cajón de la cómoda, en la habitación de Graham.

Laird se incorporó lentamente, contemplando la carta.

—¿Qué dice?

—No lo sé. No la leí. Está dirigida a ti.

Con inmensa reverencia él desplegó el papel algo arrugado, observó que la carta era corta y comenzó a leer. Hizo un gesto de dolor como si se hubiera cerrado un puño alrededor de su corazón.

—¿Laird?

—Dios mío —musitó él.

Y apretando la carta con la mano, salió corriendo de la sala.

Capítulo 16

Cómo hacer rebotar una piedra

Anne encontró a Laird sentado en una ladera cubierta de hierba a la orilla del lago, con la espalda apoyada en el tronco de un roble.

Tenía los ojos hinchados y la cara pálida, ojerosa, pero al sentir sus pasos sobre la hierba húmeda se giró a mirarla y curvó los labios en una sonrisa.

Aunque intentó endurecerse ante él, se le ablandó el corazón, y el deseo de tocarlo y consolarlo le tironeó los brazos.

—No debería haberte entregado esa carta. —Se arrodilló a su lado y le pasó una mano por el pelo, como para consolarlo—. Lo que sea que te escribió tu hermano te ha afligido terriblemente.

—No, Anne, hiciste lo correcto al entregarme esta carta. Sólo lamento que no la haya encontrado alguien antes. —Expulsó el aliento en una larga espiración—. Debo agradecerle a mi madre que te haya puesto en el dormitorio de Graham. Si no hubieras encontrado esta carta, tal vez no lo habría sabido jamás.

Anne se giró y se sentó en la mullida hierba a su lado y los dos se quedaron contemplando el lago, que brillaba como un espejo con el reflejo de la luz del sol. Pasado un momento ella giró la cabeza y lo miró.

—Hay más dormitorios desocupados en la casa. Entonces, ¿por qué me asignó a mí el de Graham?

—Yo creo que por el motivo que explicó. Para ella ahora eres de la familia. —Se rodeó las rodillas flexionadas con los brazos—. Me alegra que te haya dado ese dormitorio y que hayas encontrado la carta.

Anne arrancó una hoja de la verde hierba.

—¿Me vas a decir qué dice esa carta que te ha conmovido tanto?

Laird exhaló un suspiro. Se levantó y se apoyó en el ancho tronco del roble.

—Mi padre siempre deseó que yo, su heredero, siguiera su camino en la vida. Durante un tiempo lo hice. Pero cuando salí de Oxford, me compró una buena comisión en la caballería. Sus años en los militares le habían enseñado disciplina, algo que él encontraba que me faltaba terriblemente.

Anne ladeó la cabeza y lo contempló.

—Tú en el ejército. Obedeciendo órdenes. Todo ordenadito y limpio formado en filas muy rectas. —Volvió a mirar hacia el brillante lago—. Creo que no logro hacerme a la idea.

—Yo tampoco —dijo él riendo—. Así que cuando se me presentó la primera oportunidad, la vendí.

—Ay, Dios. Me imagino que tu padre no aprobó eso.

—Lo fastidió tanto que la cara se le puso roja, roja, eso seguro, lo cual, en mi periodo rebelde, me sirvió para complacerme inmensamente.

Anne se dio un impulso hasta quedar en cuclillas, se meció entre los talones y los dedos y se incorporó. Bajó hasta la playa del lago y allí se acuclilló escrutando el suelo en busca de una piedra redonda y lisa.

—Pero Graham se alistó en los dragones; creo que fue lady Henceford la que me lo dijo cuando estábamos tomando el té.

Laird la había seguido y estaba de pie a su lado sobre la lodosa orilla.

—Sí, y lo hizo sin avisar, además. Ni siquiera mi padre sabía que su hijo menor se había puesto sus botas tamaño extra grande hasta que lo enviaron a la Península.

—Tu padre debió sentirse orgulloso de Graham, por haber tomado la iniciativa de emularlo en su grandiosa carrera militar.

Laird negó tristemente con la cabeza.

—No. Su opinión era que la vida de mi hermano estaba en peligro por haber creído que tenía que cumplir con el deber de la familia, cosa que yo no hice por cobardía.

Anne levantó la cabeza para mirarlo.

—¿En serio, tu padre te dijo eso?

Él encogió el hombro izquierdo.

—Graham y yo éramos amigos íntimos, estábamos muy unidos. Por lo tanto mi padre sabía muy bien dónde enterrar el puñal cuando quería herirme. —Guardó silencio un buen rato—. No volví a ver a mi hermano nunca más.

Bajó la mirada y vio que Anne le estaba ofreciendo una piedra plana. La cogió, se inclinó hacia un lado y la lanzó, haciéndola rebotar por encima de la superficie del lago, y arrojando con ella los pesados recuerdos que lo habían atormentado durante más de un año.

—Eso fue muy injusto por parte de tu padre.

Diciendo eso soltó otra piedra de la lodosa playa y se la ofreció.

Pero en lugar de coger la piedra él le tomó la muñeca y la incorporó de un tirón.

—Pero tú, Anne, mi preciosa y absolutamente loca Anne, me has redimido con esta carta.

—¿Yo?

Todavía estaba boquiabierta cuando él le levantó la mano por encima de la cabeza y la hizo girar sobre los pies en un estrecho círculo.

—Para, Laird, para.

Su risa sonó como tintineos de cascabeles.

—¿No lo ves? Antes de leer esta carta yo me creía responsable, como aseguraba mi padre, de la muerte de Graham. Esta carta me libera.

Soltándole la mano, se llevó la carta a los labios y le dio un sonoro beso.

Anne se puso las manos en las caderas, tratando de recuperar el aliento.

—¿Y qué dice la carta?

—En esta carta Graham me dice que compró la comisión porque necesitaba marcharse de Saint Albans. La mujer a la que amaba se iba a casar con un hombre mucho mayor y más rico, y eso lo apenaba tanto que no podía continuar aquí. —Se le curvó la boca en una ancha sonrisa—. ¿No lo ves, Anne? Graham no firmó su sentencia de muerte porque yo no cumplí las expectativas de mi padre. Se marchó porque estaba enamorado.

Un velo oscuro pareció ensombrecer la radiante expresión de Anne, y se quedó callada.

—¿Anne? ¿Pasa algo?

—Nada de lo que tengas que preocuparte —contestó ella y echó a andar a toda prisa hacia la casa.

Laird corrió tras ella.

—¡Anne! —Cogiéndole la mano, la hizo girar y la retuvo entre sus brazos, de cara a él—. ¿Qué te preocupa? ¿Qué te pasa?

Tenía la boca a la distancia de una mano de la suya, y sabía que eso era pisar terreno peligroso.

—Esto... no es nada.

Se le colorearon las mejillas y trató de apartarse.

—Anne, mientes fatal. Y Dios es testigo que no es por falta

de práctica. Por favor, dímelo. —Intentó convencerla con una alegre sonrisa—. Nada puede estropearme el día ahora. Ha salido de mis hombros la culpa de la muerte de mi hermano, por Júpiter.

—Hoy lady Henceford me dijo una cosa, algo que no creo que tuviera la intención de decir. —Se mordió el labio inferior y frunció tremendamente el ceño—. Lo que dijo me hace creer, casi con certeza, que la mujer de que habla tu hermano en su carta es... ella.

Laird se quedó muy quieto y le escrutó los ojos.

—¿Constance?

Ella asintió, solemnemente.

—Eso creo.

—¿Qué-qué dijo?

—Laird, podría estar equivocada.

—Dímelo, por favor.

—Muy bien. Dijo que había estado enamorada de un joven, pero que sus padres aceptaron en nombre de ella la proposición de un hombre muy mayor, lord Henceford. Y que cuando el joven se enteró de que iba a casarse con él compró una comisión.

—Yo no sabía ni una palabra de eso.

Lentamente bajó las mano a los costados. Estaba totalmente aturdido, como si le hubieran golpeado la nuca con la culata de un rifle.

—Lo siento. Tal vez no debería haberte dicho nada. Sólo vi una conexión donde, lo reconozco, podría no haber ninguna. —Alargó la mano hacia la de él para consolarlo, pero él retrocedió un paso y ella cerró la mano en el vacío—. Laird, perdóname, por favor. Si quieres, por la mañana iré a Chasten Cottage a hablar con lady Henceford para aclarar este malentendido. Estoy segura de que eso es lo que ha sido.

Se ruborizó y evitó mirarlo.

Laird negó lentamente con la cabeza.

—No. Los dos sabemos que no entendiste mal sus palabras.

Estaba claro que Anne no comprendía la importancia de un matrimonio por amor entre lady Henceford y su hermano en el pasado, pensó. Qué diferente podría haber sido su vida si lo hubiera sabido. La posibilidad de una relación entre los dos pedía algunas respuestas difíciles, sin duda.

—Te agradezco el ofrecimiento de ahorrarme esto, Anne, pero debo ser yo quien hable con Constance. Si ella y mi hermano estaban enamorados, debo poner en duda todo lo que creo que existió entre nosotros. Discúlpame, Anne, por favor. Debo ir a Chasten Cottage. Tengo que hacer una pregunta que sólo Constance puede contestar.

Capítulo 17

Cómo establecerse

Después de limpiar de barro la suela de las botas, Anne se sentó en la escalinata a soltarse los botones y sacárselas. Acto seguido entró en la casa.

—Anne, cariño —le gritó lady MacLaren desde el salón—. Cuánto me alegra que hayáis vuelto de vuestro paseo. Os vi desde la ventana de mi dormitorio. ¿Disfrutaste de las vistas? La luz del sol sobre el agua es maravillosa a esta hora del día. ¿No te parece?

Anne se puso a la espalda la mano con las botas colgando y así entró en el salón.

—Sí, lady MacLaren, es preciosa.

—Cuando estabais fuera llegó un paquete para ti, de tu hermana, la duquesa de Blackstone. —Afirmó bien la aguja en la seda tensada en el bastidor y se giró a mirar por un lado de Anne hacia el vestíbulo de entrada—. ¿Laird? Un mensajero especial trajo una carta para ti —miró a Anne, agitando las cejas, orgullosa—, de la «Cámara de los Lores».

—¿De la Cámara de los Lores? —repitió Anne.

Ay, cómo deseaba que Laird se hubiera encontrado ahí para recibirla, en lugar de ir cabalgando por los campos para interrogar a lady Henceford.

—Sí, ¿qué dices a eso, hijo? —contestó la condesa, su voz rebosante de felicidad—. La convocatoria no podría haber sido más oportuna, ¿eh?

—Lady MacLaren, su hijo no está conmigo en este momento. Decidió..., esto, decidió dar una vuelta a caballo y tomó el sendero directo al establo en lugar de volver a la casa. —Comenzaban a resbalársele las botas de la mano, así que se inclinó en una reverencia pasable, lo suficiente para, de rebote, afirmar mejor las correas de las botas—. Discúlpeme, lady MacLaren, tengo un tremendo interés en ver qué me ha enviado mi hermana.

Ya se había medio girado para salir del salón cuando lady MacLaren volvió a hablarle:

—No habrá ido a visitar a lady Henceford otra vez, ¿verdad?

Al girarse a mirarla, Anne alcanzó a ver el mal gesto que torcía los labios de la condesa.

Abrió la boca pero la cerró al instante. ¿De qué serviría añadir otra mentira a su colección?

—Está comprometido «contigo», Anne. No debería ir a ver a esa mujer, nunca.

En ese instante Anne vio el paquete de su hermana en la mesita de un lado de la puerta. Deslizó el pie sólo cubierto con la media más o menos un palmo en esa dirección.

—De verdad que no me importa —contestó.

Lady MacLaren se levantó y comenzó a pasearse por el salón con una expresión severa y resuelta en su redonda cara.

—Bueno, a mí sí me importa, y a ti debería importarte —dijo.

Anne deslizó el pie otro palmo. Con un poquito más podría alargar la mano y coger el paquete. Puso la punta del pie en esa dirección y este comenzó a resbalarse por el brillante suelo.

Santo cielo. Trató de parar pero el pie continuó, como disparado; desesperada movió en círculos las botas que llevaba en la mano por si así recuperaba el equilibrio; con la otra intentó cogerse del marco de la puerta. Ni una ni otra cosa le dio resultado; se le fue el cuerpo y se cayó al suelo sentada.

—¿Sabes, querida? Aun tengo que organizar un baile de compromiso como es debido, en la «Ciudad» —estaba diciendo lady MacLaren; se golpeteó el labio inferior con la yema de un dedo—. ¿Qué te parece si... volvemos a Londres mañana?

Se giró a mirarla justo cuando Anne acababa de levantarse del suelo.

¿Londres? Sintió arder la parte de atrás de los ojos, aunque no sabía por qué.

Debería entusiasmarla volver a Londres. Después de todo las cartas no estaban en esa casa. Y desde el principio lady Henceford no le había ocasionado otra cosa que dificultades. Debería sentirse feliz. Volver a Londres era, sin duda, lo mejor para ella dado el lamentable estado de sus asuntos.

—¿Qué me dices, entonces?

Lady MacLaren asentía moviendo la cabeza como un pollo, y Anne comprendió tardíamente que deseaba que ella hiciera lo mismo.

Así pues, movió la cabeza igual que ella.

—Encuentro espléndida la idea.

—Y el momento es fabulosamente oportuno, ¿no te parece? Tendremos dos maravillosos acontecimientos que celebrar: el compromiso entre vosotros, y que mi hijo ocupe por fin su legítimo lugar en la Cámara de los Lores —añadió alegremente—. Ah, pero vamos, ¿qué hago aquí parloteando? Tendría que ir a ocuparme de mi equipaje inmediatamente. —Se dirigió a la puerta gritando—. ¡Solange! ¡Solange, ven aquí enseguida!

Antes que lady MacLaren saliera al vestíbulo, Anne cogió el paquete que le había enviado Mary, dobló los dedos de los pies y

193

tocando el suelo con las uñas, no fuera a resbalarse otra vez, salió al vestíbulo en dirección a la escalera para subir a su habitación.

Anne estaba en el jardín sur aspirando la fragancia de un arbusto de flores blancas. Acababa de aparecer la luna ocupando su lugar en el oscuro firmamento y la brisa nocturna le refrescaba la piel. Echaría de menos ese jardín. Echaría de menos MacLaren Hall y a la condesa. Incluso echaría de menos a Laird.

Buen Dios, no podía seguir fingiendo, aunque ojalá pudiera. Una vez que volviera a Londres no volvería a Saint Albans nunca más.

Su vida no volvería a ser igual.

Sintió un doloroso vacío en el interior, como si fuera a dejar para siempre su hogar y a su familia. Qué curioso que sintiera eso después de tan poco tiempo. Pero no podía negar la intensidad de su sensación de pérdida.

Unos crujidos en el suelo de gravilla captaron su atención; miró por encima del hombro hacia el sendero. Era Laird. Lo supo, sintió su presencia incluso antes que él rodeara el espinoso seto de acebo y apareciera ante su vista.

—Supuse que no habría nadie en el jardín a estas horas —dijo él.

Ella no se dejó engañar ni por un instante. Él había salido al jardín en busca de ella.

—Hay muchísima actividad en la casa —continuó él—. Parece que volvemos a Londres.

Entonces ella se giró a mirarlo.

—¿Tú también regresas? ¿Mañana?

Se ruborizó al detectar el entusiasmo con que lo dijo.

—Pues, claro —le contestó.

Aunque la luz de la luna era tenue, ella vio que estaba sonriendo.

No llevaba chaqueta y ni siquiera chaleco. Iba con el cuello de la camisa de linón abierto, y las calzas de ante metidas en las botas. Daba la impresión de que acababa de volver de una muy larga y agotadora cabalgada, aun cuando Chasten Cottage estaba a sólo unos minutos de MacLaren Hall.

Desvió la mirada, agradeciendo que sus pensamientos no se hubieran verbalizado en palabras hirientes.

Arrancó una de las flores blancas, se la llevó a la nariz e hizo una honda inspiración, aspirando su perfume.

—Tu madre quiere organizar un baile de compromiso.

—Lo sé. Pero mi prisa por volver a Londres no tiene que ver con las inclinaciones sociales de mi madre.

Ella lo miró a los ojos.

—¿Qué quieres decir con eso?

—He recibido una Convocatoria. Se me ordena asistir a las sesiones del Parlamento y ocupar el escaño de mi padre.

—Te lo mereces, Laird —dijo ella, sonriéndole—. Eres digno de esa responsabilidad.

—Mi padre no habría estado de acuerdo.

Ella caminó hasta él.

—Pero tu padre ya no se encuentra entre nosotros, y estaba equivocado en su opinión acerca de ti.

Él desvió la cara.

—¿Tan segura estás?

Ella le puso una mano en la mandíbula y le giró la cara hacia ella. Era necesario que él oyera lo que tenía que decirle.

—Sí. ¿No lo entiendes? Es muy probable que te culpara de sus propios defectos porque no era capaz de aceptar sus debilidades.

—¿Cómo puedes saber eso?

—Porque he sido invisible casi toda mi vida. He observado a las personas, aprendido de ellas, y con los años he llegado a comprender que aquellas que odian, que critican, que culpan con tanto celo, en realidad castigan a otras por los defectos que ven en sí mismas. —Bajó la mano que tenía en su mejilla y le cogió las dos manos—. Tu padre había alcanzado un inmenso poder en la Cámara de los Lores, pero luego, tal vez debido a su desmesurado orgullo y ambición, se le escapó de las manos. Seguro que un hombre así no es capaz de aceptar su fracaso en la política y tal vez por eso fijó su atención en ti, que eras joven e inteligente, y se propuso prepararte para que triunfaras en lo que él había fracasado.

—Ya te he contado que nunca estuve a la altura de sus expectativas.

—No, claro que no, nadie podría. Ni siquiera él logró estar a la altura de lo que le exigían sus elevadas aspiraciones. Laird, tú no tuviste la culpa de sus fracasos en el gobierno, no tuviste la culpa de que Graham se fuera a la guerra, y no tuviste la culpa de que lady Henceford te plantara. —Sin querer, le dio una sacudida, por la necesidad que sentía de hacerlo entender, de que le creyera—. Eres un hombre bueno, un caballero. Y si alguien puede restablecer el orgullo del apellido MacLaren en el Parlamento, ese eres tú.

—Nunca nadie ha creído en mí como tú, Anne. —Tenía los ojos empañados, pero se rió silenciosamente—. No me sorprendería si tú hubieras organizado las cosas para que me enviaran la Convocatoria justo ahora.

—Ah, no. Si alguien ha movido algunos hilos ese debe haber sido Apsley, ¿no? —Sonrió de oreja a oreja—. Esta convocatoria era parte de esa apuesta, ¿verdad? Que ocuparas el escaño de tu padre en el Parlamento y te comprometieras en matrimonio. Creo que eso fue lo que apostasteis.

Laird se echó a reír y movió el índice.

—No, cariño, creo que fue que yo me casara al terminar la temporada y ocupara el escaño de mi padre. Y no he hecho ninguna de las dos cosas, todavía.

—Ah, pero las harás. —Se giró y se alejó un poco, dándole la espalda, para que él no le viera la cara cuando dijera lo que iba a decir—. Me parece que lady Henceford ya no te considera indigno de casarte con ella. La verdad sea dicha, después de hablar con ella cuando estábamos tomando el té, creo que tiene la intención de hacerme a un lado para que no le estorbe. Pero eso no será muy difícil, ¿verdad? puesto que tu intención siempre ha sido casarte con ella, y a eso se debió toda esta farsa.

Lo sintió acercarse rápido y se mordió el labio inferior, con nerviosa expectación.

Él la hizo girar hasta dejarla de cara a él y le puso las manos en los hombros. La expresión de sus ojos era mortalmente seria y sus manos firmes. Anne comprendió que no la soltaría hasta haberle dado una respuesta.

—Anne. —A la luz de la luna sus ojos brillaban como el centro azul cobalto de una llama—. ¿Qué es lo que deseas «tú»?

Ella desvió la cara mirando hacia una enredadera en la lejanía, tratando de que la emoción no la atragantara impidiéndole hablar con voz serena.

—Qué pregunta más ridícula, milord. Sabes muy bien que mi único deseo es quedar libre de estas mentiras.

Laird le soltó un hombro, ahuecó la mano en su mentón y le giró la cara hacia él. La miró fijamente a los ojos, escrutándoselos.

Pero lo que ella había dicho era la verdad. Sintió escozor en la parte de atrás de los ojos, así que los cerró.

No podía continuar simulando que era su prometida. Se sentía muy...

—Estoy muy cansada de simular.

—Pues, entonces no simules.

Ella abrió los ojos. No había querido decir eso.

Laird retiró las manos, permitiéndole retroceder o echar a correr huyendo si era eso lo que deseaba.

Ella no se movió, continuó delante de él. Echó atrás la cabeza para mirarle los ojos oscuros. Sólo una vez lo había visto mirarla de esa manera interrogante, aquella vez en la biblioteca.

Y pasado un momento le quedó claro lo que él estaba haciendo en ese momento. Le pedía que le dijera lo que realmente deseaba. Le preguntaba si lo deseaba a él.

Bajó el mentón, pensando, e hizo una honda inspiración para llenar los pulmones, para fortalecerse. Entonces, tomada la decisión, avanzó.

Él la rodeó con los brazos y la estrechó fuertemente. Ella se apretó a él y sintió su boca en el cuello.

De repente él la levantó, dio una vuelta llevándola en volandas y la depositó suavemente sobre un parterre de flores blancas, a modo de cama.

Anne se preparó para sentir su peso encima, pero él apoyó las manos a los lados de su cabeza y descendió lentamente, acercando la boca a la de ella.

Pasó la mojada lengua por sus labios y ella lo complació abriéndolos, invitándolo. Suponía que sentiría el dulce sabor del coñac, pero no, simplemente se deleitó en el calor de su boca y sólo sintió el humoso aroma a masculinidad.

Entonces él cambió de posición tendiéndose a su lado.

—No más simulación, ninguno de los dos.

Asintiendo, ella le cogió el hombro y lo acercó más.

—Nunca en mi vida he deseado nada tanto como te deseo a ti en este momento, Anne —musitó Laird.

Deslizando la mano por la falda del vestido de tafetán verde, cerró el puño cerca de la orilla y se la subió hasta las caderas.

Ella se estremeció y nuevamente sintió su mano moviéndose por ella, casi acariciándola, sí, acariciándola. Lentamente, muy suave.

Se le levantaron solas las caderas al sentirlo deslizar la mano por el vello púbico hasta encontrar su centro de placer. Él colocó ahí el pulgar y se lo acarició en lentos círculos, haciéndola arquearse y apretar esa parte a su mano.

De repente sintió el calor de su aliento en el pecho. Él cogió la cinta que cerraba el corpiño entre los dientes y tironeó hasta que la tela cedió y bajó. Entonces le soltó el lazo de la enagua.

Sintió el aire fresco en los pechos, y cuando le mordisqueó suavemente cada uno de los pezones rosados, la sensación fue casi de dolor, aunque no de dolor exactamente. Le vibraban los pezones.

Estaba aturdida de placer.

—Laird.

Sintió una oleada de calentura entre los temblorosos muslos mientras él le besaba y succionaba los pechos, al tiempo que la acariciaba abajo.

Sentía la presión de su miembro duro como una piedra en la cadera, así que giró el cuerpo lo justo para alcanzarlo con la mano. Buscó los botones de la bragueta, los soltó y la abrió para poder introducir la mano. Vacilante, le cogió el miembro.

No sabía qué hacer a partir de ahí. Pero cuando se lo sacó fuera del encierro, duro y vibrante, lo oyó ahogar una exclamación.

Alentada por eso, deslizó osadamente las yemas de los dedos, explorándoselo, y luego cerró firmemente la mano alrededor, la bajó a todo lo largo y luego la subió, apretándole la gruesa punta.

Laird echó atrás la cabeza y se le tensaron los tendones de cada lado del cuello.

Ella le cogió el hombro, instándolo a colocarse encima de ella, y abrió las piernas para facilitárselo.

Cómo deseaba sentir su cuerpo apretado al suyo, sentir su peso, sentirlo llenándola, poseyéndola. Él apoyó las manos detrás, medio se incorporó y equilibrándose finalmente se arrodilló entre sus muslos y se quitó la camisa de linón.

Ella le acarició los ondulantes músculos del pecho y bajó las manos hasta los bien cincelados músculos de su abdomen.

—Laird, te deseo, y no es simulación.

Le cogió la cara entre las manos y la acercó. Lo besó en los labios, pero notó que él intentaba resistirse.

Olía su deseo y necesidad de ella, y sabía que él notaba lo mojada que tenía la entrepierna.

—Por favor, Laird.

—Te deseo, Anne, terriblemente.

Por fin bajó el cuerpo sobre ella. Se echó hacia atrás y pasado un momento le levantó las caderas hacia él. Empujó suavemente el miembro hasta que la gruesa y redondeada punta se introdujo entre los labios de la vulva.

Ella arqueó las caderas, embistiendo. Lo tenía casi dentro, casi. Sintió más adentro el calor de la punta hinchada, sí, pero entonces él lo retiró. Otra embestida. Ella se retorció, apretándose a él. Sí, esta vez sí.

Abrió más las piernas y sintió nuevamente su pulgar en el pequeño montículo carnoso; lo giró en círculos, haciéndole encoger los dedos de los pies, mientras embestía, penetrándola un poquito más cada vez.

Era para volverse loca.

Entonces él retiró la mano de su entrepierna, bajó el cuerpo para besarla en la boca y al mismo tiempo embistió penetrándola hasta el fondo.

La respiración le salía en resuellos mientras él embestía y se mecía, una y otra vez. Ya no eran embestidas suaves, ya no más penetraciones largas y lentas. Se movía entrando y saliendo, acariciándola por todas partes, succionándole los pezones, embistiendo hasta penetrarla hasta el fondo, besándola.

Le enterró las yemas de los dedos en los tensos músculos de sus anchos hombros, aferrándose a él mientras aceleraba el ritmo, machacando.

Le temblaban los muslos sin poderlos controlar; la tensión que sentía aumentar abajo era insoportable. Levantó las piernas y lo apretó entre los muslos todo lo que pudo, justo a tiempo.

Le pareció que saltaban llamas del lugar donde estaban unidos, irradiando hacia toda ella, haciéndola vibrar. Cerró los ojos y gritó.

De repente por la piel de él pasó una ola de calor, notó que se le contraían los músculos y sintió entrar el chorro de su semen. Un sudor fresco le cubrió la espalda en el momento en que se desplomaba sobre ella. Entonces él ladeó la cabeza y le besó el cuello.

Anne se sentía agotada, eso no podía negarlo, pero absolutamente feliz, atolondrada de felicidad. No pudo evitar la sonrisa que se le extendió por la cara.

Él volvió a besarle el cuello, bajo el mentón, y después levantó el cuerpo, apoyado en un codo y la miró. Ella no pudo ocultar su tonta sonrisa, y ni siquiera lo intentó.

Laird curvó la comisura de la boca, de esa manera que ella ya sabía que indicaba que estaba a punto de decir algo divertido. Entonces arqueó una ceja con aire de inocencia.

—No..., no fingiste, ¿verdad?

Anne lanzó todo su peso contra él, golpeándole el hombro y haciéndolo caer de espaldas. Rodó hasta quedar encima de él y lo besó en la boca.

—Bueno, soy famosa por mis dotes de actuación.

Capítulo 18

Cómo ser absolutamente convincente

El vacío que sintiera Anne cuando entró en el jardín esa noche pasada ya era sólo un recuerdo que estaba mejor olvidado. Todo era diferente. Ella había cambiado porque de repente su futuro estaba tan claro y brillante como el sol de la mañana que entraba por la ventana del dormitorio.

Era un nuevo día y su futuro estaba con Laird.

Ah, no lo habían hablado, pero lo sabía. Lo sentía.

No habría más simulación, no más fingir, no más mentiras. Era la mañana de un nuevo comienzo para los dos.

Solange le puso la última horquilla, y acababa de girarse a cerrar la maleta cuando su mirada se posó en el libro que le enviara Mary, todavía rodeado por el envoltorio.

—Ah, no debo olvidar el *Libro de Enfermedades y Remedios* de mi padre —exclamó.

Fue a cogerlo y lo puso en la maleta.

—¿No desea llevarlo con usted en el coche? —le preguntó Solange—. El trayecto a Londres es largo, podría desear tener algo para leer.

Anne se echó a reír.

—Podría, sí, pero créeme, este es un libro que no tengo la intención de leer jamás.

Se dio una vuelta completa, más feliz y contenta de lo que se había sentido nunca en su vida, que pudiera recordar.

Berkeley Square
Ese atardecer

Conversando con su hermana Elizabeth, Anne se arrojó en la cama de espaldas y contempló el cielo raso.

—No fue en absoluto tan difícil como me había imaginado. En realidad, creo que soy bastante buena para hacer el papel de futura condesa.

—Sí, no me cabe duda de que lo pasaste en grande pavoneándote por MacLaren Hall, pero, Anne, no fue para eso para lo que fuiste allí. ¿Te tomaste la molestia de buscar las cartas mientras jugabas a condesa?

Anne se puso de costado, apoyada en un codo.

—Futura condesa. Aun no hemos hecho nuestras promesas lord MacLaren y yo, Elizabeth.

—Ah, de acuerdo, lo había olvidado totalmente —repuso su hermana, sarcástica—. ¿Y cuándo será el dichoso día?

—Bueno, aún no hemos fijado la fecha, pero supongo que nos encargaremos de eso después del baile de compromiso.

Anne era consciente de que estaba parloteando, pero habían ocurrido tantas cosas desde que se marchó de Londres, y, bueno, en Saint Albans no había podido hablar francamente con nadie de todo eso.

Elizabeth fue a sentarse en la cama y la miró por encima del hombro.

—Es broma eso del baile de compromiso, ¿verdad?

Anne se sentó.

—No, no. Lady MacLaren no habló de otra cosa en todo el trayecto de Saint Albans a Mayfair. Asegura que este baile será el que le dé la inmortalidad en la sociedad. La alta sociedad no habrá visto nada semejante, al menos fuera del palacio de Saint James, y ni siquiera de esto está totalmente segura. Están empezando a hacer los preparativos, ¿sabes?

—¿Cómo lo harás, entonces? Tienes que haber tenido tiempo de sobra para ensayar.

—¿Cómo haré qué?

—¡Romper el compromiso, boba! ¿Lo harás después o antes del baile? Di que después, por favor, Anne.

—Pero qué tonterías dices. Si lo rompiera antes no habría ningún motivo para un baile de compromiso, ¿no?

Elizabeth se rió.

—Vamos, eres tan práctica que creo que podría confundirte con nuestra hermana Mary.

—Además, no lo voy a romper.

Y diciendo eso abrió la maleta, sacó el libro que le enviara Mary, y lo dejó caer en la cama.

Elizabeth no hizo el menor caso del pesado libro que cayó a su lado.

—¿Qué has dicho, Anne, que no vas a dar marcha atrás en el compromiso?

—Exactamente. He decidido que me gusta bastante la idea de ser la esposa de Laird. Y una vez que te acostumbras a ser el centro de atención, no es tan difícil soportarlo. A veces incluso me ha gustado.

—Pero yo pensé que lady Henceford y todos los que asistieron al baile en MacLaren Hall, que debió ser la mitad de la sociedad de Londres, creen que lord MacLaren se ha reformado y ahora es un perfecto caballero.

—Sí. Ha costado un poco, pero entre los dos, es decir, entre Laird y yo, conseguimos convencerlos de que se ha transformado. —Arqueó una ceja—. Incluso recibió la Convocatoria para que se presente en el Parlamento y ocupe su escaño.

—No lo entiendo. ¿Por qué no quieres romper el compromiso? No le encuentro ninguna lógica.

—Bueno, para mí tiene perfecta lógica. No romperé el compromiso porque le amo.

—¿Amas a lord MacLaren? —La miró fijamente un momento y luego se echó a reír—. Vamos, Anne, casi has conseguido que te crea.

—No es una broma, Elizabeth. —La miró a los ojos con la expresión muy seria—. Le amo.

Elizabeth se deslizó hasta el borde de la cama y se puso de pie.

—Cáspita, lo dices en serio. De verdad le amas.

A Anne se le formó una dulce sonrisa.

—Sí. De verdad. Es un hombre bueno, de buen corazón. Se esforzaba tanto en demostrar que no necesitaba a nadie, que no necesitaba amor, que yo no me daba cuenta de su verdadero carácter y corazón. Pero ahora que lo conozco, deseo pasar mi vida con él.

—¿Él sabe lo que sientes? —preguntó Elizabeth, con la preocupación visible en los ojos.

Anne sonrió al recordar esa última noche en el jardín sur.

—Sí. Lo sabe.

Cockspur Street
En la biblioteca

Apsley negó con la cabeza tan enérgicamente que derramó coñac de la copa que tenía en la mano.

—No, no te creo, MacLaren. Esto es una ingeniosa manera de renegar de nuestra apuesta, ¿verdad?

—No hicimos una vedadera apuesta. Si mal no recuerdo, y reconozco que esa noche fue bastante borrosa para mí, mi madre nos interrumpió antes que la hiciéramos. —Se rió y se sentó en el sillón frente a Apsley—. Pero para demostrarte que esto no es broma, haz tu apuesta ahora y el día que convierta a Anne en mi esposa te la pagaré.

Apsley hizo girar el coñac en la copa.

—No me convence. Hay una pega en tu oferta. Simplemente aún no he determinado cuál es tu estrategia.

—No hay ninguna estrategia, te lo juro. Me he enamorado de ella y creo que ella también me ama. Por lo tanto, si quiere, nos casaremos en Saint George el primer día que nos vaya bien.

—Entonces no le has pedido que se case contigo.

Laird sonrió de oreja a oreja.

—¿Qué, quieres decir que debo pedirle que se case conmigo? ¿No puedo simplemente declararnos comprometidos?

—De acuerdo, es bastante justo. —Se rió un momento y luego lo miró con expresión seria—. ¿De verdad la amas?

—Sí.

—Ahora bien, no estamos hablando de lady Henceford, ¿verdad?

—No. —Se le tensaron los músculos de la mandíbula—. Estaba equivocado respecto a ella.

—Vamos, vamos, no tienes por qué enfadarte. Tenía que preguntarlo.

—No amo a Constance. En realidad, creo que nunca la he amado. Creo que mi deseo de casarme con ella estaba más motivado por el deseo de respetabilidad que por cualquier otra cosa. —Exhaló un suspiro—. Pero Anne..., buen Dios, nunca pensé que me sentiría así alguna vez. Cuando estoy con ella soy un hombre mejor. Ella me hace sentir que tengo en mí lo que hace falta para realizar cualquier cosa.

—Que me cuelguen, nunca te había visto así.

—Nunca me había sentido así.

Sabía que estaba sonriendo como un idiota, pero no le importó. Estaba enamorado. «Amor».

—Entonces, sólo para dejarlo claro, te refieres a la muchachita que entró en tu dormitorio a robar un paquete de cartas secretas, ¿correcto?

—Apsley, estás poniendo a prueba mi paciencia. Sí, la señorita Anne Royle. —Apoyó la cabeza en el respaldo y miró a Apsley por encima de la nariz—. Y en cuanto a esas cartas, para ser franco, viejo, no sé si han existido alguna vez. Podría ser una historia inventada por los tories para desacreditar al príncipe.

—Podrías tener la razón en eso —dijo Apsley, asintiendo, considerando la idea—. Pero, ¿sabes?, no puedo dejar de pensar que lord Lotharian sabe más de lo que dice. Se rumorea que era amigo de Prinny y de tu padre cuando era *whig*. Nadie puede leerle el pensamiento a ese viejo jugador, es condenadamente bueno. Dicen que es capaz de calar a un hombre hasta el alma en el mismo instante en que lo conoce, y sin embargo a los demás sólo les deja ver de él lo que quiere que vean.

—¿Quieres decir, entonces, Apsley, que ese empeño por encontrar las cartas forma parte de una maquinación más importante puesta en marcha por Lotharian? —Negó con la cabeza—. No veo el motivo, compañero. Aparte de servir para demostrar o refutar el linaje de las hermanas Royle, ¿en qué se beneficiaría Lotharian de un engaño tan rebuscado?

—No creo que su intención haya sido beneficiarse personalmente. Creo que su intención era que se beneficiara Anne. Creo que cuando él y los otros Viejos Libertinos la enviaron a tu dormitorio sabían que tú ya estabas ahí. Querían que la pillaras.

—Vamos, Apsley, compañero, has bebido demasiado esta noche.

Levantándose atravesó la sala y, con aire distraído, fue a asomarse a la ventana. Desde ahí miró hacia Apsley por encima del hombro.

—Entonces, ¿tu teoría es que mi decisión, esta noche, de casarme con Anne, estaba en cierto modo programada de antemano? Ridículo.

—No, tienes razón. Eran demasiadas las cosas que dependían de la casualidad y las circunstancias para que Lotharian haya tenido que ver en eso. En el White se dice que no arriesga nada.

—Exactamente.

Apsley resopló, se levantó y se dirigió al decantador de coñac.

—¿No vas a beber nada esta noche? —preguntó, arqueando las cejas y moviendo la botella.

—Esta noche no —repuso Laird.

Tenía muchas cosas en qué pensar en esos momentos.

Berkeley Square

Aún no despuntaba el alba cuando Elizabeth se dio un fuerte impulso en la cama y se sentó con la espalda muy recta. Una gota de sudor frío le bajó por el cuello hasta la clavícula y de ahí continuó hasta el valle entre sus pechos.

Cerró los ojos e intentó normalizar la respiración. Había tenido otro sueño, el tipo de sueño que se hacía realidad, al menos la mitad de las veces.

Se bajó de la cama, fue hasta el lavabo y, con la cabeza inclinada sobre la jofaina, se echó un poco de agua en la cara, pestañeó para quitársela de los ojos y esperó a que le bajara hasta el mentón y de ahí cayera dentro de la jofaina.

En el sueño veía a Anne con una hoja grande de papel vitela en las manos. Ella no lograba ver qué era, pero, como fuera, sabía que su hermana acababa de encontrar algo de suma importancia en su búsqueda para aclarar lo del linaje de las tres. Era algo «muy» importante. Y entonces, de repente, el sueño cambió. La vio riendo, más feliz de lo que jamás la había visto antes. Estaba bailando en los brazos de lord MacLaren, y la condesa y otras personas los miraban con expresiones aprobadoras.

Retuvo el aliento, por sí así conseguía calmar los latidos del corazón que le golpeaba el pecho. Cómo deseaba que el sueño hubiera terminado ahí, pero no.

Porque de repente aparecieron imágenes más inquietantes.

Apsley estaba pasando por delante de una mansión que le pareció que era Carlton House en Pall Mall, justo cuando en la distancia sonó una campana dando las doce del mediodía. A sus oídos llegó el clop clop de cascos de caballos en la calzada. Vio que Apsley se giraba y de repente ella lanzaba un grito, un grito horrible, como para helar la sangre. Entonces volvió a cambiar la imagen, a otra noche. Anne estaba en el centro de un salón de baile; las lágrimas le corrían por las mejillas y, por mucho que lo intentara, ella no lograba llegar hasta ella. Y entonces todo se quedó a oscuras; sólo se veían las llamas color naranja del hogar y de pronto una mano delgada acercó un papel a las llamas.

Se sentó en la banqueta de madera del lado del lavabo. Tenía el camisón mojado y se le pegaba. Cogiéndoselo entre los índices y los pulgares, se lo separó del cuerpo, reflexionando sobre el significado del sueño.

Pero por mucho que intentara analizarlo todo, no lograba descifrar lo que había visto. No había ningún orden lógico. Le faltaban muchas piezas de ese rompecabezas, o bien estaban distorsionadas.

Lo único que sabía era que a Anne le iba a ocurrir algo desastroso y que ella no podía hacer absolutamente nada para impedirlo.

Su hermana mayor Mary la habría reprendido por malgastar dinero, pero Elizabeth ya había desperdiciado mucho tiempo en decidir seguirle la pista a Apsley. Al fin y al cabo, ni siquiera sabía si lo que vio en el sueño iba a ocurrir ese día, si es que ocurría, y luego estaba su macabro grito. Se estremecía cada vez que recordaba su horrendo sonido.

Cuando terminó de desayunar y de echarle una mirada al diario de la mañana por si venía algún accidente en Pall Mall ocurrido el día anterior, coger un coche de alquiler era su única opción si quería llegar a la entrada de Carlton House antes del mediodía.

Se puso un chal de crepé sobre los hombros y se caló en la cabeza una enorme papalina de paja. Una mirada en el espejo del corredor le confirmó la utilidad de llevarla puesta. Sólo tenía que ladear la cabeza para que la ancha visera le ocultara la cara de ojos curiosos. Perfecto.

Cuando el coche se detuvo delante de Carlton House, Elizabeth hurgó en su ridículo de brocado y sacó el reloj de oro que perteneciera a su padre. Abrió la tapa: faltaban dos minutos para las doce del mediodía. Cerrando la tapa, le pasó una moneda al cochero y bajó a la acera de Pall Mall.

Pasó ante la columnata de la fachada y miró más allá del guardia por la entrada en arco. Vio que todas las ventanas que daban a Pall Mall estaban cerca del techo, lo que hacía imposible mirar en el interior de la residencia real. De todos modos, entrecerró los ojos y trató de ver el interior, pensando si estaría en casa el regente. Quien sabía, igual en ese mismo momento el príncipe de Gales estaba ante una ventana mirando la calle, absolutamente ignorante de que la joven que con la enorme papalina de paja que estaba ante la puerta en arco podría ser su hija.

Comenzó a repicar una campana en la distancia. El badajo ya la había golpeado varias veces cuando Elizabeth cayó en la cuenta de lo que significaba. Dio unos cuantos pasos por la acera hasta la orilla de la calzada y miró a la izquierda.

Ahí estaba Apsley. Venía caminando en dirección a ella.

Se giró y fue a situarse cerca de la resguardada entrada en arco, para ocultarse lo mejor posible. Y continuó mirándolo mientras se iba acercando a la puerta. Comenzaba a apagarse la vibración de la campanada doce cuando oyó el estruendo de cascos de caballo procedentes del interior de esa misma puerta en arco. Giró la cabeza justo a tiempo para ver un enorme y reluciente coche tirado por seis caballos que estaban a punto de pasarle por encima.

De la garganta le salió un alarido de horror, que partió el aire. Algo le golpeó las costillas haciéndole salir todo el aire de los pulmones. Cayó en la acera golpeándose con fuerza, y le pareció que la cabeza se le llenaba de chispas de luz.

—¿Elizabeth? Contéstame, muchacha. Venga, despierta.

Abrió los ojos y, entrecerrándolos, vio una cara a unos dedos de la de ella. Apsley.

Acababa de abrir la boca para decir algo cuando sobre ella apareció la cara conocida de una mujer.

—¿Está herida? —le preguntó esta.

Vamos, porras, eso no podía ser.

Tragó saliva mirando el par de grandes ojos azules mirándola preocupados. La mujer tenía el pelo dorado, no castaño, sino de color del lino, como el de ella. Tal vez se debía a que estaba tan cerca, pero le pareció que tenía la nariz algo larga, aunque delicada, eso sí, y decididamente aristocrática. No, no cabía ninguna duda acerca de la identidad de la joven: era la princesa Charlotte.

Apsley le ofreció la mano y la ayudó a sentarse, pero ella no desvió en ningún momento la vista de la joven.

—¿Está herida? —le preguntó la mujer.

Anne negó con la cabeza.

—No, Su Alteza Real.

Apsley la ayudó a ponerse de pie y se agachó a coger su papalina de paja.

Le dolían tremendamente las costillas, y aún no se le normalizaba la respiración, aunque no por el osado rescate de Apsley antes que fuera aplastada por los cascos de los caballos y las ruedas del coche. Con los ojos agrandados miraba a la princesa buscando en ella algún rasgo similar. Porque, claro, la princesa Charlotte podría muy bien ser... su hermanastra. Sin duda eso era posible, e incluso probable.

Se cubrió la boca con una mano para ahogar la risa nerviosa que estuvo a punto de salir.

—Me alegra que no se haya hecho daño —dijo la princesa Charlotte, poniéndole suavemente una mano en el brazo y mirándola fijamente—. ¿Nos conocemos, señorita...?

—Señorita Elizabeth Royle, Su Alteza Real.

Tardíamente, flexionó las rodillas y se inclinó en una reverencia, para honrarla.

La princesa Charlotte miró interrogante a la mujer mayor que estaba a su lado.

—¿Ella es...?

La mujer asintió.

En los rosados labios de la princesa se dibujó una sonrisa divertida.

—Aún no me era conocida, señorita Royle, pero hoy eso ha cambiado. Me alegra muchísimo conocerla por fin.

¿Por fin? Elizabeth estaba tan pasmada que no se le ocurrió qué contestar, así que simplemente se inclinó en otra reverencia, bastante pasable.

—Buen día, señorita Royle —dijo Su Alteza Real y, girando sobre los tacones de sus zapatos de seda azul, subió al coche ayudada por uno de sus lacayos.

Restalló un látigo y el equipo de brillantes caballos negros como el ébano emprendió la marcha y pasado un momento el coche ya había abandonado Pall Mall entrando en Cockspur Street.

Elizabeth continuó mirando hasta que desapareció el polvo levantado por las ruedas del coche, y sólo entonces se giró a mirar a Apsley.

—Gracias, estimado señor, por apartarme del camino de ese coche.

Apsley se encogió de hombros.

—De nada, señorita Royle, aunque he de decir que por lo menos podría haberme presentado a la princesa Charlotte.

—Ay, Dios —exclamó Elizabeth.

Apsley se rió.

—Tal vez algún día tenga otra oportunidad. Después de todo podría ser su hermana.

—Sí, eso es cierto. Y ahora nos hemos conocido.

Apsley comenzó a parlotear, pero ella prácticamente no lo oía. Estaba muy, muy confundida.

¿Por qué la asustó tanto ese sueño cuando el resultado fue el acontecimiento más asombroso y emocionante de su vida?

—Permítame que la acompañe a casa, señorita Elizabeth —dijo Apsley ofreciéndole el brazo y guiándola cauteloso hasta la acera de enfrente—. Siempre tengo la suerte de encontrar un coche de alquiler en el Teatro de la Ópera. —Se acercó al bordillo y levantó el sombrero haciéndole una seña a un coche que se acercaba—. Ah, ah, ¿lo ve? Siempre encuentro exactamente lo que necesito en el momento exacto en que lo necesito.

Obsequiándola con una encantadora sonrisa, la ayudó a subir al carruaje.

—Sí, eso supongo —dijo Elizabeth, inclinándose hacia él en el momento en que se sentaba frente a ella—. ¿Me haría el favor de indicarle al cochero que se dé prisa en llevarnos a Berkeley Square? No soy capaz de contener mi entusiasmo mucho tiempo más.

Riendo, Apsley golpeó con el puño la parte delantera del coche y el cochero aceleró la marcha.

—¿Está impaciente por decirle a todo el mundo que MacLaren no es el único héroe?

Elizabeth negó enérgicamente con la cabeza.

—Cielos, no. Debo decir a todo el mundo que he conocido a mi hermana..., esto, quiero decir, a la princesa Charlotte.

—Ah, eso —dijo Apsley, decididamente cariacontecido—. ¡Estupendo!

Capítulo 19

Cómo leer entre líneas

Berkeley Square
Esa tarde

Elizabeth, querida —suspiró lady Upperton—, sé que te emocionó conocer a la princesa Charlotte, pero, por favor, deja hablar a Anne. Todavía nos falta oír lo que encontró en MacLaren Hall.

—Pero es que no lo entiende —bufó Elizabeth—. Al principio no lo vi porque estaba pasmada por el encuentro, pero ahora me doy cuenta de que la princesa Charlotte no se parece en nada a mí. No se parece a ninguna de nosotras. Comienzo a dudar de que realmente sea mi hermanastra.

—Bueno, niña, tampoco te pareces a Prinny, y eso debes agradecerlo —bromeó Gallantine.

Elizabeth lo miró enfurruñada.

—Podría ser nuestro padre, así que tenga en cuenta nuestros sentimientos, milord.

—Elizabeth, la princesa Charlotte se parece mucho más a su madre Caroline que al príncipe de Gales —explicó Anne—. Pero que haya o no haya similitud en nuestros rasgos no tiene la menor importancia. Aun en el caso de que fueras el reflejo ambulante de la imagen de la princesa, queda la realidad de que no tenemos ninguna prueba de nuestro linaje.

—Tienes razón, Anne. Todavía no tenemos ninguna prueba. —Cogiendo el libro que estaba en la mesa Sheraton, Elizabeth fue a sentarse en el sillón de la ventana—. No deberías haberte molestado en viajar a Saint Albans.

—Elizabeth, no habría aceptado ir a MacLaren Hall con la condesa si no hubiera creído que las cartas estaban escondidas ahí. —Miró hacia los tres Viejos Libertinos sentados hombro con hombro en el pequeño sofá—. Pero no estaban.

—¿Y buscaste especialmente bien en la biblioteca? —preguntó lady Upperton.

—La biblioteca, ah, sí. —Sintió subir el rubor a las mejillas—. Revisé libro por libro, hurgué en todos los rincones, huecos y hendeduras.

Lady Upperton levantó sus impertinentes y la miró atentamente a través de ellos.

—Supongo que habría un escritorio. ¿Lo revisaste?

—¡Sí, sí! —exclamó Anne—. En especial el escritorio. —Levantó las manos en gesto de derrota—. De hecho, nos vieron tantas veces en la biblioteca supuestamente buscando algo para leer, que se convirtió en una broma entre nosotros. Incluso le escribí a Mary, pidiéndole que por favor me enviara algo para leer porque no encontraba lo que buscaba en la biblioteca.

Elizabeth levantó la vista del libro que estaba leyendo a la tenue luz que entraba por la ventana.

—Debió de haberse reído como una loca cuando le envió a Anne el aburrido *Libro de Enfermedades y Remedios* de mi padre. —Lo levantó para que todos lo vieran—. Es tan aburrido que ni siquiera mi padre lo leyó entero.

—¿Cómo sabes eso, cariño? —preguntó lady Upperton, más por cortesía que por interés, le pareció a Anne.

—Porque hay varias páginas que no están separadas. ¿Lo ve? —Pasó las páginas en abanico y, tal como decía, hacia el final había varios pares de páginas de las que aún no habían separado los bordes cortando con la plegadera—. Es aburrido.

Algo del libro le llamó la atención a lord Lotharian, y se levantó de un salto, lo que era bastante impresionante en un hombre de su edad, en opinión de Anne.

—Déjame ver el libro, por favor. —Se encontró con Elizabeth a mitad de camino por la sala, cogió el libro, y pasó los dedos por los bordes de las páginas—. No, se han separado todas las páginas, pero por algún motivo se volvieron a pegar algunas. Rarísimo, ¿no? —Volvió al sofá y abrió el libro para que todos lo vieran—. Mirad aquí. Uno de los pares de páginas pegadas es más grueso que los demás, tres cuarenta y uno y tres cuarenta y cuatro

Anne se tensó.

—¿Cómo ha dicho?

—Sólo los números de las páginas, Anne —contestó Lilywhite—. Tres cuarenta y uno y tres cuarenta y cuatro.

Anne se giró bruscamente y miró a los sorprendidos ojos de Elizabeth.

—Ve a buscar el abrecartas.

Elizabeth salió corriendo de la sala y pasado un momento volvió con el abrecartas, o la plegadera, de marfil que encontró Lotharian en el escondite debajo del tablón del dormitorio de Laird. Se lo pasó a Anne.

Esta miró las letras grabadas en la hoja hasta que encontró las que buscaba: LDEYR342

—Aquí está. Ele, de, e, y griega, ere, tres, cuatro, dos, *Libro de Enfermedades y Remedios*, página tres cuarenta y dos.

Lady Upperton juntó las manos sobre el corazón.

—¿Podría ser que hubiéramos tenido las cartas todo este tiempo sin saberlo? Date prisa, Lotharian, separa esas páginas, ¡corta!

Anne le pasó el abrecartas a Lotharian y se cubrió la boca con una mano, no fuera que chillara de nerviosismo.

—Despejad el sofá —dijo este, moviendo las manos hacia los lados como haría un maestro—. Dejadme espacio, por el amor de Dios.

Se levantó los faldones de la chaqueta y se sentó.

Con el aliento retenido Anne lo observó introducir con sumo cuidado la punta del abrecartas en un pequeño hueco entre las páginas, en la parte inferior del libro, junto al lomo. Entonces deslizó la hoja a todo lo ancho, separándolas.

—Mary vivía pasando las páginas de este libro —comentó Elizabeth.

Lotharian dejó inmóvil la mano.

Elizabeth resopló de frustración.

—Bueno, ¿por qué no se fijó en que esas páginas estaban pegadas por arriba y por abajo, mientras que las otras no?

—¡Calla, niña! —ladró Gallantine—. Lotharian necesita silencio para no romper lo que sea que hay dentro.

Lotharian exhaló un suspiro de frustración.

—Porque a veces, la goma del lomo se extiende a las páginas cuando se encuaderna el libro. Y no me cabe duda de que tu hermana centraba la atención en las notas de Royle escritas en los márgenes, no en la goma de encuadernar. —Emitió un bufido—. Ahora, si han terminado de parlotear, me gustaría ver qué hay escondido entre estas páginas.

Al instante todos guardaron silencio. Nadie habló, nadie se movió y, durante un rato, nadie ni siquiera respiró, mientras Lotharian terminaba de cortar.

Al terminar, él le tendió el libro a Anne.

—Tú viste las letras grabadas en la hoja. Venga, vamos. Haz los honores, querida mía. Mete la mano dentro.

Con las manos temblorosas, Anne cogió el libro e introdujo los dedos entre las páginas. Miró a cada uno de los presentes en la sala, hizo una inspiración profunda y cogió lo que había dentro.

Era algo muy grueso; papel vitela, supuso. No era lo que usaban la mayoría de las personas para escribir una carta, pero claro, el príncipe no era la mayoría de las personas.

Con el corazón golpeándole el pecho, sacó el papel.

Era papel vitela, pero no una carta.

Incluso doblado varias veces se veían las líneas horizontales del papel.

Le temblaron tremendamente las manos.

—No puedo. —Se la tendió a Lotharian—. Por favor, ¿la abre usted?

Sin contestar, él cogió el papel y lo desplegó. Le brotaron gotitas de sudor en la frente.

—Santo Dios —musitó.

—¿Qué es? —preguntó Elizabeth, casi gritando—. Díganoslo, si no, creo que me desmayaré en este mismo instante.

Lotharian buscó los ojos de lady Upperton y se la quedó mirando.

—Es la hoja del registro, ¿verdad? —preguntó ella, pero estaba claro que ya sabía la respuesta.

Él asintió, todavía tan aturdido que no pudo hablar.

Lilywhite le arrebató el papel y sosteniéndolo en alto pasó un dedo por él hasta encontrar lo que buscaba.

—¿Sabéis qué es esto? —preguntó a Anne y Elizabeth.

Ellas negaron con las cabezas.

—Por favor, ¿nos lo vais a decir? —preguntó Anne, en tono de súplica.

Entonces habló Lotharian, por fin.

—Es la hoja del registro de matrimonio que firmaron el príncipe de Gales y Maria Fitzherbert el día de su boda.

Elizabeth frunció el entrecejo.

—¿Eso es todo? ¿Un certificado? Pero eso no prueba nada de nuestro linaje. ¿Dónde están las cartas?

—Es posible que ya no existan, diría yo —contestó Gallantine, poniéndole una mano en el hombro, como para consolarla—. Creo que esto es la prueba del matrimonio ilegal del príncipe que MacLaren se las arregló para obtener. Estando oculto, hizo posible que se aprobara el acta de ley que nombraba regente al príncipe.

—Pero ¿por qué nuestro padre le habría escondido el certificado al viejo MacLaren? —preguntó Anne—. Lo único que tenía MacLaren en su poder era el abrecartas con la localización del certificado; no el propio certificado. No lo entiendo.

—MacLaren y Royle fueron amigos íntimos durante un tiempo —terció Lilywhite—. Todos lo éramos.

—Pero eso no explica... —alcanzó a decir Elizabeth.

—Tal vez, cariño —interrumpió lady Upperton—, se debió a que tu padre ya era el guardián de un secreto que se podía considerar traicionero, vosotras tres, las hijas secretas del príncipe con su esposa morganática Maria Fitzherbert. —Se encogió de hombros—. Tal vez nunca sepamos por qué vuestro padre escondió el certificado.

—Y el certificado, cuando... ¿cuándo se dé a conocer? —preguntó Anne.

La expresión de Lotharian se tornó sombría y seria.

—En el caso de que se dé a conocer, o de que el príncipe se enterara de que se ha encontrado el certificado y lo considerara un peligro para la monarquía, porque, en efecto, él y la señora Fitzherbert mantuvieron en secreto su unión durante muchos años, la sola posesión de esa prueba políticamente dañina podría ser considerada traición por la Corona.

—Quieres decir que por poseer este certificado, ¿estamos en peligro? —preguntó Elizabeth, temblando de inquietud y miedo.

Lady Upperton deslizó su pequeño cuerpo por el sillón y se levantó.

—No lo sé, querida, pero es una posibilidad. Para protegernos y proteger vuestros futuros, nadie debe enterarse de esto. ¡Nadie!

Anne le cogió la mano, en gesto suplicante.

—Pero debo decírselo por lo menos a Laird, a lord MacLaren. Está a punto de ocupar su escaño en la Cámara de los Lores. Esto podría ponerlo todo en peligro. Debe saberlo. Debo decirle lo que hemos encontrado. Él ha participado en todo.

—No, querida. En el peor de los casos, a todos los que conocen la existencia del certificado podrían acusarlos de estar implicados en una confabulación para cometer traición, si la Corona decide que eso es lo que se debe hacer. Ha ocurrido antes, a capricho del príncipe.

—En el mejor de los casos —terció Lotharian—, nadie debe enterarse de que tenemos el certificado de matrimonio hasta que consigamos una prueba sólida para demostrar vuestro linaje. En cualquier caso, debéis guardar silencio respecto a lo que acabamos de descubrir, Anne.

Lady Upperton le rodeó la cintura con un brazo y la atrajo hacia sí.

—Si lo quieres, y me parece que lo quieres, no pongas fin a sus días en la Cámara de los Lores antes de que comiencen. No debes decírselo.

Anne asintió sin el menor entusiasmo. No podía negarlo, aunque con todo su corazón deseaba poder hacerlo. Lady Upperton tenía razón. Por mucho que detestara creerlo, sentía la verdad de su advertencia en todas las fibras de su cuerpo.

Después de todo lo que habían superado Laird y ella para llegar a conocerse, para encontrar el camino del amor, para intimar, a él le había dado alcance la ira de su padre.

A través de ella.

Por fin Laird se había redimido a sí mismo en su corazón; después de años de oír que no valía nada, finalmente creía en su valía.

Y ahora ese desastre.

Una escalofriante comprensión se abrió paso por su cerebro. Se le debilitaron las piernas, perdiendo la capacidad para sostenerla, y se dejó caer en el sofá, en el instante en que se sentaba junto a ella lady Upperton.

—Querida niña, ven aquí —la arrulló la anciana.

A Anne le brotaron las lágrimas y hundió la cara en los acogedores brazos de lady Upperton.

Ya había involucrado demasiado a Laird.

No tenía otra opción.

Si de verdad lo amaba, sabía lo que debía hacer, por mucho que la destrozara hacerlo. Estaba claro su camino.

Tenía que romper el compromiso.

Capítulo 20

Cómo bailar como si no hubiera un mañana

Dos semanas después

Aburrida e impaciente, Elizabeth se paseaba por el dormitorio de Anne, sin tener nada que hacer aparte de admirar el revoloteo y el frufrú de su vestido de baile de seda color esmeralda.

Dentro de menos de media hora llegaría lady Upperton en su coche a recogerlas. Cherie estaba terminando de peinar los dorados cabellos de Anne, pero esta todavía tenía que elegir qué vestido ponerse de los dos que reposaban sobre la cama. Iban a llegar tarde al baile de compromiso de su propia hermana en el salón de fiestas Almack.

—No sé por qué estás tan nerviosa, Anne. Buen Dios, es tu segundo baile de compromiso en poco más de dos semanas. Te pongas lo que te pongas vas a estar hermosa. No hay ningún motivo para que estés tan nerviosa.

—Sabes muy bien por qué estoy inquieta, y que nada tiene que ver con mi elección del vestido. Sabes lo que debo hacer, aunque, Dios de los cielos, ojalá no tuviera que hacerlo.

Le pasó una horquilla enjoyada a Cherie, esta la cogió y con ella le sujetó un rizo dorado. Anne cogió otra horquilla de la cajita de plata que tenía sobre el tocador, pero Elizabeth le detuvo la mano.

—¿Vas a romper el compromiso esta noche?

—Estas dos semanas he intentado ir a verlo para decírselo, pero no tengo la fuerza para destrozarle el corazón. —Hizo una corta y temblorosa inspiración—. Debo hacerlo esta noche antes que anuncie nuestro compromiso.

—Guardaremos con llave esa hoja de registro y no volveremos a hablar de ella nunca más. No tienes por qué decirle nada de su existencia, ni a nadie si es por eso. No tienes por qué romper el compromiso.

—Algún día cambiarás de opinión, Elizabeth. —Aunque trató de ocultarlo, le brillaron los ojos de lágrimas no derramadas—. Algún día se encontrarán más pruebas acerca de nuestros padres y las piezas completarán el rompecabezas de nuestro linaje. Saldrá a la luz el certificado. No permitiré que impliquen a Laird en un delito de traición por mi causa.

—Pero, Anne, si lo amas, no lo hagas. No rompas el compromiso.

A Anne le bajó una lágrima por la mejilla.

—Hago esto porque lo amo, Elizabeth. Porque lo quiero mucho, muchísimo. —Sorbió por la nariz y Cherie le pasó un pañuelo—. Elizabeth, por favor, baja a la sala de estar a esperarme. Te prometo que no tardaré mucho. Sólo necesito un momento para serenarme.

Asintiendo, Elizabeth salió de la habitación, bajó la escalera y entró en la sala de estar.

La tía Prudence se hallaba dormida en el sillón junto al hogar. El fuego estaba encendido, pero suave, y Elizabeth vio que tenía gotitas de sudor en la frente.

Con sumo cuidado para no despertarla, le quitó la copa vacía de la mano y luego le sacó el chal que le cubría los hombros.

Dobló bien el chal y lo fue a dejar en el sofá. Entonces, cuidando de no arrugarse la falda, se sentó a esperar.

Pasaron varios minutos, y con el monótono sonido de las fuertes respiraciones de la tía Prudence le entró sueño. Se levantó y fue hasta el hogar. Cogiendo de la repisa la caja en que se guardaban las cosas de su padre, giró la llave y la abrió. Sacó el libro de enfermedades y remedios, con el fin de mirar la hoja de registro firmada por el príncipe de Gales y María Fitzherbert. ¿De veras podrían ser sus padres?

Qué increíble encontraba que el certificado hubiera estado escondido en ese libro casi toda su vida y ninguna de ellas lo supiera.

Volvió al sofá, dejó el libro sobre la mesita para el té y pasó la yema de un dedo por el borde de las páginas que Lotharian había separado. Qué absolutamente increíble. Tocándose el centro del labio superior con la punta de la lengua, introdujo los dedos en el bolsillo formado por las dos páginas, extrajo el maldito papel y le echó una mirada.

Deseó haber sido ella la que sacara el certificado del libro, en lugar de Anne. Sabía que su hermana se sentía especialmente culpable por haber sido la que extrajo el documento de su escondite.

Si pudiera hacer retroceder el tiempo, pensó, reclamaría el derecho de descubrir lo que estaba escondido en el libro, y sentirse ella culpable.

Justo en ese momento, debido a la distraída presión que hacía con los dedos, se abrió un borde no abierto de las páginas.

—¡Ah, porras! —exclamó.

Retuvo el aliento al oír el volumen de su voz al hacer la exclamación y al instante miró hacia la tía Prudence, para asegurarse de que no la había oído.

La anciana se movió un poco, pero al instante reanudó su respiración lenta y pareja.

Soltó el aliento y miró la nueva abertura. En el interior había un texto escrito a mano, no impreso. Volvió a mirar hacia la tía Prudence. Esta seguía durmiendo.

Con sumo cuidado terminó de abrir los bordes pegados y separó las páginas hasta abrirlas. En la página de la derecha estaba pegado un papel cuadrado, tan delgado que parecía de seda, y en él había escrito un mensaje:

Cuando la luz de la luna corone el puente que cruza el Serpentine, estaré esperando, MacLaren. Ningún favor que pidas de Ella será demasiado grande. Tu secreto en este asunto es requisito.

Frances, condesa de Jersey

Se acercó el libro a los ojos. No, no puede ser. Pero la misiva estaba oculta junto con el certificado. ¿Lady Jersey?

Cogió el certificado de matrimonio en papel vitela que había dejado en la mesa, miró la misiva y volvió a mirar el certificado. Eso era lo que deseaba lady Jersey.

Pasó un escalofrío por toda su piel. Aparte de ese conocimiento no necesitaba ninguna otra prueba de la validez de las afirmaciones acerca de su linaje.

Oyó un triste sollozo y ruido de pasos en la escalera. Dejó el libro y el certificado en la mesita y echó a andar hacia la puerta, con la intención de contarle a Anne lo que acababa de descubrir. Pero al oír llorar a su hermana, se paró en seco.

Acababa de girarse para volver a guardar el libro cuando vio a la tía Prudence moviéndose inestable delante del fuego del hogar, con el certificado en la mano.

Le dio un vuelco el corazón en el pecho. La tía Prudence la miró, al parecer confundida.

Ella asintió.

—Sí, hazlo —susurró—. Ya.

Salón de fiestas Almack

Acababan de tocar las ocho de la noche y los columnistas de cotilleos ya calificaban de clamoroso éxito el baile de compromiso que ofrecía lady MacLaren para su hijo, a pesar de que muchísimos jóvenes aristócratas aún no habían vuelto del Continente. Al parecer a los columnistas tampoco les importaba que la mitad de los invitados aún no hubieran conseguido poner un pie en el interior del salón.

Los coches ya formaban tres hileras delante de las puertas del salón de fiestas, y la cola de los que esperaban para dejar a sus pasajeros en el más esperado acontecimiento de la temporada se extendía hasta una milla.

El coche de lady Upperton, en que iban Anne y Elizabeth con la anciana, estaba en la cola, más o menos a una milla de distancia. Mejor que mejor. Cuanto más tardara Anne en llegar, con más minutos contarían para convencerla de que no tenía por qué romper el compromiso delante de toda la sociedad londinense.

Ni siquiera había visto a Laird, gracias a las maniobras de los Viejos Libertinos y lady Upperton, que habían jurado hacer que esa noche fuera lo menos dolorosa posible para ella.

Pero Anne sabía que no podían proteger a Laird de lo que vendría. Sin duda él suponía que esa sería la noche de su vida, en que bailaría con ella sin tener la menor precupación del mundo.

Y sólo dos semanas antes esa vida dichosa podría haberse hecho realidad. Ahora ya no.

Causando gran consternación a lady MacLaren, Anne había declinado amablemente su invitación de hacer el trayecto al baile en el coche de lord MacLaren. Lady Upperton intentó razonar con la condesa, echándole la culpa a los nervios de la chica, porque habiendo vuelto la pareja a Londres, las historias de los actos heroicos de lord MacLaren habían corrido por la ciudad como un reguero de pólvora.

Todo el mundo deseaba ver a la sencilla señorita de Cornualles que se cayó de un puente, después por un acantilado, y atrapó el corazón de un conde recientemente nombrado.

Anne y Elizabeth no podían ir a las tiendas de Bond Street sin ser seguidas por jovencitas debutantes que deseaban saber los secretos para cazar a un conde.

El asunto se hizo tan molesto que no salían nunca sin disfrazarse de fregonas, pero eso no les duró mucho. Los tenderos de las mercerías y sombrererías que más les gustaba frecuentar no siempre estaban dispuestos a atender a unas clientas que parecían no tener suficiente dinero para gastar.

En el *Times* abundaban las historias de señoritas que saltaban desde puente del Serpentine, con la esperanza de que apareciera un héroe, las sacara del agua y luego se casara con ellas.

Incluso apareció un reportaje sobre una señora que empujó a su hija al agua cuando un cierto vizconde Apsley iba cabalgando por Hyde Park.

Pero por el momento aún no había aparecido ningún reportaje sobre ninguna desgracia que lamentar ni ningún rescate, ni de petición de mano alguna.

Anne sólo podía desear y esperar que después que hiciera lo que debía hacer para proteger a Laird, aunque eso significara romperse el corazón esa noche, acabara para siempre la ridícula locura de saltar desde puente del Serpentine.

Arthur Fallon, vizconde Apsley, miró atentamente el traje de Laird para comprobar si superaba al suyo. Aseguró que todavía se sentía algo disgustado porque los dos llevaban chaqué color verde botella, el de Laird de cachemira y el suyo de fina lana de camello. Pero estaba complacido porque al menos tenían en común un gusto por la ropa excelente.

—¿Has visto a la señorita Anne?

Laird pasó el peso de un pie al otro en lo alto de la escalinata principal, contemplando el tropel de invitados que iban entrando en Almack para el baile de compromiso.

—No la he visto.

—¿Sabes a quién vi? Aunque en realidad sólo la vi desde la distancia, por lo que podría estar totalmente equivocado. ¡A lady Henceford!

Laird le puso las manos en los hombros.

—Con cuidado, hombre, no quiero que se me arrugue el chaqué antes que las damas tengan una oportunidad de verlo.

Laird le dio una suave sacudida.

—¿Estás seguro de que era Constance a la que viste?

—No, no, ya te dije que no estoy seguro de que fuera ella. ¿Y a qué iba a venir aquí, en todo caso? Sinceramente, dudo que tu madre haya incluido a lady Henceford en su lista de invitados.

—Perdona. Lo que pasa es que justo antes de que me viniera de Saint Albans Anne encontró una vieja carta que no recibí nunca.

—¿Era una vieja carta de amor de lady Henceford?

—No, era de Graham. No sé por qué no me la envió. —Lo cogió del brazo y lo llevó hasta un esconce en la pared donde podían hablar más en privado—. La carta explicaba su motivo para alistarse en el ejército cuando la guerra estaba en su apogeo.

—Siempre pensé que fue por heroísmo, el hijo obediente, ese tipo de cosas.

—Yo también, así que cuando mi padre me comunicó que Graham se había marchado para luchar por Inglaterra, cosa que, aseguró, yo era tan cobarde que no hice, me lo creí. Y entonces, cuando mataron a mi hermano...

—Creíste que tú tenías la culpa.

Laird asintió.

—Y el coñac se convirtió en mi mejor compañero, sin ánimo de ofender, Apsley.

Apsley sonrió cordialmente.

—No me ofendo. También es un buen amigo mío. ¿Y qué decía la carta?

—En absoluto lo que yo habría esperado. Parece que Graham y Constance, lady Henceford, estaban muy enamorados. Pero cuando él le pidió la mano, hace casi tres años, sus padres lo rechazaron. No era el heredero, sólo el de recambio, y ellos ya tenían una proposición más ventajosa de lord Henceford.

—Eso es algo que siempre he querido preguntarte. ¿Lo apuntalaron para la boda o seguía vivo? —Sonrió pero se le desvaneció la sonrisa al ver que Laird no le seguía la broma—. Lo que quiero decir es que aquel hombre debía de tener ochenta años, si no más.

—Sí, era viejo. Pero se iba a casar con Constance. Por lo que dice en la carta, colijo que esto hizo sufrir tanto a Graham que compró una comisión para poner la mayor distancia posible entre la nueva lady Henceford y él.

Apsley le dio una palmada en la espalda.

—La muerte de Graham no fue culpa tuya. Ahora eso lo sabes de cierto, ¿verdad?

Laird se mordió el labio inferior y asintió.

—Sí. Cáspita, te puedes imaginar mi alivio. El sentimiento de culpa era enorme, insoportable. Graham no sólo era mi hermano. Era mi amigo.

—El viejo Henceford murió justo después de la boda, ¿verdad? —dijo Apsley, paseando la mirada por el salón en busca de un lacayo que llevara una bandeja con vino.

—Sí, y después de hacer luto por él, Constance se apoyó en mi hombro. Yo me apoyé en ella también... Graham faltaba desde hacía dos meses, pero yo me aferraba a una débil esperanza de que estuviera vivo. Y, joder, ella era vulnerable y hermosa...

—Supongo que un matrimonio entre los dos podría haber resultado.

Laird emitió un bufido.

—Si no hubiera sentido tanta repugnancia cuando se enteró de mi mala reputación. Le dio tanto asco que rompió el compromiso, al menos eso aseguró. —Movió la cabeza—. Resulta que la verdad es que cuando el regimiento de Graham volvió de una misión él le escribió pidiéndole que se casara con él cuando volviera de la guerra.

—Y por lo tanto lady Henceford rompió el compromiso contigo. Pero Graham no volvió.

—No volvió —repitió Laird en voz baja.

Apsley arrugó la frente y estuvieron un buen rato en silencio.

—Esta noche os pertenece a ti y a Anne. No al pasado. ¡Es hora de celebrar tu futuro!

Laird se relajó, todo él más alegre.

—Tienes toda la razón. Vamos, tal vez Anne ya está en el salón con la condesa.

Anne y Elizabeth estaban con lady Upperton y los Viejos Libertinos cerca de la tarima de la orquesta.

—¿Estás segura de que quieres hacerlo? —le preguntó Elizabeth.

—Estoy segura de que no deseo hacerlo. Le amo y no hay

nada que desee más que pasar el resto de mi vida con él, pero no quiero involucrarlo en un posible delito de traición. —Sintió escozor en los ojos—. Ah, maldita sea, voy a llorar otra vez.

—Pero, Anne, debo decirte una cosa...

—Querida, no tienes por qué romper el compromiso para protegerlo —interrumpió lady Upperton. Sacó su pañuelo de encaje de la manga y le limpió las lágrimas—. Sólo tienes que guardar el secreto en tu corazón para siempre.

—¿Qué secreto es ese, señorita Royle? —preguntó una dulce voz femenina detrás de Anne.

Anne se giró a mirar y vio a lady Henceford, con un trocito de encaje adherido a la escayola de su delgada nariz.

—¿Cómo es que...?, es decir, no esperaba verla aquí esta noche, lady Henceford.

—¿No? —repuso esta sonriendo muy fresca—. Deseaba verlo con mis ojos.

—¿Ver qué, el primer baile de Anne con lord MacLaren? —espetó Elizabeth. Miró a su hermana—. Anne, ven conmigo, por favor. Debo decirte una cosa importante.

Lady Henceford se situó entre ellas.

—Ah, no. Eso no será tan divertido como el momento en que Anne rompa el compromiso y deje a lord MacLaren solo... otra vez. —Arqueó una oscura ceja—. A Apsley se le escapó una noche en que había bebido muchas copas de coñac. Este compromiso es una farsa, una apuesta, y nada más.

—¿Tan segura estás de eso, Constance? —preguntó Laird, apareciendo repentinamente al lado de Anne.

—Fue una mentira desde el principio. Como todos los otros cuentos de heroísmo de la señorita Royle. Sí que tiene una imaginación fabulosa. ¿Sabes?, incluso creo que podría haberse convencido de que te ama.

Anne se le acercó lentamente y la miró hacia abajo.

—Lo amo. Creo que debería marcharse, lady Henceford.

—Ah, sí que me marcharé, dentro de un momento. —Retrocedió, empujando a Elizabeth hacia el grupo de gente que se había ido reuniendo—. Tan pronto como revele la mentira de vuestro compromiso.

—¿Por qué quiere hacer algo así? —le preguntó Anne—. Nunca le he demostrado nada que no sea amabilidad.

—Hasta que le diste a Laird esa carta de Graham, convirtiéndome en muy poco más que una mujer liviana. —Se le agitaron las ventanillas de la nariz, de furia—. Después que MacLaren llegó a Saint Albans contigo vi que había cambiado. Me maravilló ver cuánto había mejorado. Así que cuando Apsley me dijo lo de la apuesta comprendí que se me daba una segunda oportunidad. Casarme con Laird ya no sería una mancha en mi nombre. Sería un honor.

—El motivo de que te enseñara la carta de Graham, Constance —explicó Laird amablemente—, fue que mi hermano te amaba de una manera como yo no podría amarte jamás. No estamos hechos el uno para el otro, a pesar de lo que yo creía hasta hace sólo unos días. La carta de Graham me demostró eso.

Lady Henceford agrandó los ojos.

—¿Quieres decir que de verdad elegirías a una mentirosa compulsiva de Cornualles antes que a mí?

—Sí —dijo Laird y colocó la mano de Anne en su antebrazo—. Mira, Anne. Los bailarines están ocupando sus lugares en la pista. ¿Vamos?

A Anne se le empañaron los ojos al mirar a su amado. Cómo deseaba no tener que romper el compromiso, poder llevar con Laird una vida tan perfecta como la que llevaban su hermana Mary y su marido el duque de Blackstone. Por lo menos, se consoló, podría simular hasta el fin de ese conjunto de contradanzas.

Cuando entraron en la pista sonó una ronda de aplausos. Lady MacLaren estaba junto al director de la orquesta sonriendo de orgullo y felicidad.

Entonces lady Henceford entró corriendo en la pista y se

situó en medio de los bailarines. Lágrimas de humillación le llenaban los ojos castaños.

—¡Qué divertido! ¡Qué divertido! —gritó hasta que todos los presentes se quedaron inmóviles y en silencio—. Acabo de enterarme de que nuestro lord MacLaren y la señorita Royle nos están gastando una fabulosa broma.

Se elevaron murmullos por todo el inmenso salón.

—¡Sí, es cierto! —exclamó, dando una vuelta completa por la pista para que todos la vieran y oyeran lo que iba a decir—. Vamos, imaginaos mi sorpresa cuando me enteré de que no están comprometidos.

Los murmullos subieron de volumen por todo el salón. Las jóvenes lanzaban exclamaciones, algunas señoras mayores se desmayaron, y los caballeros se reían y pagaban sus apuestas ahí mismo en la pista de baile.

Con los ojos llenos de lágrimas sin derramar Anne le apretó la mano a Laird.

—Perdóname, Laird, pero debo hacer esto, por ti.

Le soltó la mano y se dirigió al centro de la pista, sola.

—No, Anne —le llegó la voz de Elizabeth. La vio abriéndose paso desesperada por entre los interminables círculos de mirones que rodeaban la pista de baile—. ¡Para! Por favor, Anne. No lo digas.

Anne desvió la mirada. Tenía que hacerlo. Tenía que decirlo antes de perder la resolución.

—¡Lady Henceford tiene razón! —exclamó. Aprovechó la espera a que todos se callaran para hacer una honda inspiración. Miró a Laird a los ojos durante unos preciosos segundos, y dijo lo que debía decir—. El conde de MacLaren y yo no estamos comprometidos.

—¡No! —gritó Elizabeth—. ¡Anne, no!

La multitud rugió, haciéndole temblar todos los huesos. Cerró los ojos para prepararse para el golpe final. Y cuando los abrió Laird estaba a su lado.

Él le cogió la mano y se la llevó a los labios.

—Anne, te amo, y solamente a ti —le susurró al oído—. Así que, por favor, concédeme el honor.

Levantando la otra mano hizo un gesto pidiendo que guardaran silencio.

Anne lo miró absolutamente desconcertada. ¿Qué pretendía hacer?

—Ya no estamos comprometidos —dijo Laird—. Sí, sí, es cierto. —La miró, teniéndole cogidas las dos manos—. Porque ya estamos casados.

Anne sintió pasar un estremecimiento por todo el cuerpo, como una sacudida, y llegó a pensar que se le iban a salir los ojos de las órbitas.

Laird acababa de mentir. A todo el mundo.

Estalló un fuerte aplauso en el salón. Lady MacLaren hizo una señal a la orquesta para que reanudaran la música, y Laird cogió a Anne en sus brazos.

A ella le corrían las lágrimas por las mejillas.

Dios santo, lo amaba, pero no podía permitir que él estuviera conectado con ella.

—Laird, escúchame, por favor.

—Después del baile, mi amor —dijo él, sonriendo de felicidad.

—No, es que debo...

En ese instante llegó Elizabeth hasta ellos. Cogiendo a Anne por los hombros la giró, apartándola de los brazos de Laird.

—Para, Anne y escucha lo que te voy a decir. No tienes por qué hacer esto.

—Sí que tengo, Elizabeth —repuso Anne, intentando girarse hacia Laird.

Elizabeth se lo impidió de un tirón.

—No. Lo quemé, Anne. No hay ninguna prueba. ¿Entiendes? No necesitas romper el compromiso para protegerlo.

Anne sintió brotar un sudor frío.

—¿Qué has dicho?

Elizabeth sonrió.

—El certificado ya no existe. Desapareció. Lo quemé.

—¿Lo quemaste? Pero, Elizabeth, ese certificado es lo único que tenemos para demostrar...

—Ninguna prueba, signifique lo que signifique para nosotras o para la Corona, vale el precio de ver roto el corazón de mi hermana.

—Pero, Elizabeth, lo que has hecho...

—Es algo de lo que no volveremos a hablar. —La besó en la mejilla y le sonrió—. Ahora ve. Tu «marido» te está esperando.

Anne se giró lentamente y miró a la guapa y mentirosa cara de Laird. Buen Dios, cuánto lo amaba.

Él le tendió la mano, y cuando ella se la cogió, la acercó lo suficiente para hacerle un guiño secreto.

—¿Bailamos, cariño? Al fin y al cabo —añadió, en voz lo bastante alta para que lo oyeran todos los que estaban cerca—, será nuestro primer baile como marido y mujer.

Berkeley Square
La noche siguiente

—¡Un brindis, un brindis! —animó Elizabeth.

Todos levantaron sus copas, brindando por los no tan recién comprometidos Anne y Laird, el conde de MacLaren. Todos a excepción de la tía Prudence, que estaba durmiendo y roncando suavemente en el sillón junto al hogar.

Y Lilywhite.

Sir Lumley no lograba decidirse a brindar por la dichosa pareja. No podía mientras no hubiera confesado el secreto que había mantenido muy guardado todos esos largos años. Y esa confesión no iba a ser fácil.

—¿Qué le pasa, sir Lumley? —le preguntó Laird—. ¿No está contento de que su pupila y yo estemos comprometidos?

Lo miró arqueando una ceja, aunque la sonrisa seguía curvándole los labios.

Lilywhite deseó que el buen ánimo de MacLaren también continuara después que él hiciera su confesión.

—Esto... —Sentía ardientes sus mofletudas mejillas, debía de tenerlas rojas como el sol poniente—. MacLaren, debo confesarte una cosa. Y a vosotras también, Anne y Elizabeth. No puedo permitir, MacLaren, que continúes creyendo que tu padre era totalmente egoísta, porque en realidad no lo era. Fue mi querido amigo durante muchos años, hasta una noche en que yo estaba tan borracho que no supe poner freno a mis palabras.

Laird miró a Anne, como si esperara que ella le explicara lo que quería decir Lilywhite, pero ella estaba tan en la oscuridad como él en ese asunto.

—Continúa, Lilywhite —dijo Lotharian, haciéndole un gesto con la mano—. Díselo. Esto deberías haberlo dicho hace tiempo, si quieres saber mi opinión.

Lilywhite bajó los ojos y asintió, tocándose el pecho con el mentón.

—No lo niego. —Alzó la vista, miró a Anne y a Elizabeth, y luego fijó la mirada en Laird—. Todos, *whigs* y *tories*, creían que o bien Charles Fox o bien MacLaren, tu padre, se las había arreglado para echar mano de la hoja de registro de matrimonio firmada por el príncipe de Gales y Maria Fitzherbert.

—Sí, sí, eso lo sabemos —soltó Elizabeth, retorciéndose las manos con impaciencia.

—Pero unos cuantos del círculo más íntimo del príncipe nos enteramos también de que lady Jersey le había pedido a MacLaren que le entregara el certificado a ella, en nombre de la reina. —Paseó la mirada por los presentes; todos estaban pendientes de sus palabras—. Bueno, MacLaren opinaba que eso tenía lógica.

El rey estaba enfermo y era necesario asegurar el linaje real. Si la reina conseguía convencer a Prinny de olvidar la idea de hacer público su matrimonio ilegal con Maria Fitzherbert, había muchas más posibilidades de que se aprobara la ley que lo nombraba regente. Y si pensaba que tener en su poder el certificado de la boda, que era la única prueba de ese matrimonio, haría regente a su hijo, él debería entregárselo.

—Pareces confundida, Elizabeth —dijo Gallantine—. Permíteme que intente explicártelo. El único motivo de MacLaren para esconder el certificado fue impedir que William Pitt lo presentara como prueba de un matrimonio ilegal con una católica con el fin de desacreditar al príncipe. El certificado tenía que continuar oculto para impedir que la opinión pública se volviera en contra de él antes que lo nombraran regente. MacLaren sabía que se podía fiar de que la reina confiscaría el certificado, y también que estaría eternamente en deuda con él por hacérselo llegar a sus manos.

Anne movió la cabeza, desconcertada.

—Entonces, ¿se lo dio a ella? ¿Cómo obtuvo el certificado mi padre, entonces?

—Por mí —suspiró Lilywhite—, y al hacerlo puse en riesgo vuestras vidas.

Anne y Elizabeth se miraron preocupadas.

—Como dije al comienzo, una noche me emborraché. Había oído rumores de que MacLaren estaba pensando en la posibilidad de entregarle el certificado a lady Jersey. Pero yo sabía que él no debía fiarse de ella. Era astuta; era la amante del príncipe del momento. Y, según Royle, ella y la reina habían procurado que las trillizas de Maria Fitzherbert murieran. Se lo expliqué todo a MacLaren.

—¿Y qué hizo? —preguntó Laird, levantándose lentamente.

—Aparentemente no hizo nada —repuso Lilywhite—. Dejamos de oír rumores acerca del certificado. Fue como si simplemente hubiera desaparecido. —Levantó las manos hacia Laird—. Royle y MacLaren habían sido amigos. Todos lo habíamos sido. Está muy claro lo que le ocurrió al certificado. ¿No lo veis?

—No —dijo Anne—. Yo no lo veo.

Lilywhite exhaló un suspiro de frustración, que le salió de su enorme tripa.

—Royle tenía el certificado. MacLaren tenía el abrecartas con la localización del certificado grabado en él.

—MacLaren le dio el certificado a nuestro padre para que con él pudiera demostrar quiénes somos —dijo Elizabeth, con los ojos como platos—. Lord MacLaren, su padre podría haber usado ese certificado para conseguir el favor de la Corona, para mejorar su posición en la Cámara de los Lores, pero no lo hizo.

Lotharian echó una mirada rápida y decididamente burlona a sir Lumley.

—Si alguna otra persona hubiera oído la conversación entre Lilywhite borracho y MacLaren en el Boodle esa noche —suspiró y puso su huesuda mano en el hombro de Laird—, y se hubiera descubierto que Royle, el médico del príncipe, había salvado a las trillizas de Maria Fitzherbert, la vida de las niñas podría haber estado en inminente peligro.

Lady Upperton levantó un dedo y tomó la palabra como era su costumbre:

—Sí, en grave peligro, si no existía ninguna prueba que apoyara la afirmación de que las niñas eran de sangre real. Ah, puede que el certificado de matrimonio no haya sido gran cosa como prueba, pero podría haber sido justo lo suficiente para salvarles la vida. Tal vez eso no lo lleguemos a saber jamás, creo yo.

Laird se giró hacia Anne y le cogió las manos.

—Mi padre...

Ella lo miró incrédula y terminó su pensamiento:

—Podría haberme salvado la vida.

A Laird se le quedó atrapado el aire en la garganta al comprender el significado subyacente de las palabras de ella. La miró pensativo varios segundos y de pronto se le formaron arruguitas alrededor de las comisuras de los ojos. Sonrió y ella comprendió que acababa de ver otro lado de su padre, el hombre al que su madre había amado tanto.

—No haber utilizado en su favor ese certificado podría haberme salvado la vida a mí también —dijo Elizabeth a borbotones. De repente se giró a mirar con los ojos entrecerrados las brillantes brasas del hogar—. Puñetas, espero que no lo necesitemos nunca.

Todos celebraron riendo amablemente el comentario levemente importuno de Elizabeth, a excepción de Lotharian, se fijó Anne, que se llevó la copa a los labios y bebió un trago de coñac mirando pensativo a Elizabeth por encima del borde.

Capítulo 21

Cómo atrapar a un conde

Y entonces se casaron, justo una semana después de que en las columnas de cotilleos de todos los diarios de Londres apareciera la descripción detallada de sus rutilantes nupcias.

Era increíble, sobre todo para Elizabeth, lo misteriosamente exactas que fueron las descripciones de los columnistas al escribir sobre un acontecimiento futuro. Si la fecha en que aparecieron los informes de la boda no hubiera sido de una semana antes, podría haber pensado que alguien sentado en un banco o arriba en la galería había tomado detalladas notas.

Porque, en efecto, tal como informaron los columnistas en sus diarios, Laird Allan, conde de MacLaren, obtuvo una licencia especial y contrató personalmente a Robert Hodgson, el párroco de Saint George, para que celebrara el breve pero conmovedor servicio de bodas.

A la parpadeante luz de docenas de velas de cera de abeja (porque la boda se celebró en secreto), Hodgson unió en matrimonio a una muy dichosa señorita Anne Royle con el recientemente nombrado conde de MacLaren, declarándolos marido y mujer ante Dios, el país, tres Viejos Libertinos, dos damas de la alta sociedad, una anciana tía abuela dormida, un vizconde y una señorita antes de Cornualles pero actualmente residente en Berkeley Square, Londres.

Aunque la boda no fue el magnífico acontecimiento social que la nueva condesa de MacLaren viuda en otro tiempo considerara necesario para su hijo y una familia de tan elevada posición en la sociedad, fue todo lo que había soñado que sería.

Laird estaba feliz y enamorado, por fin; ¿qué más podía desear una madre para su hijo?

Al atardecer de ese mismo día, Apsley se llevó a su casa uno de los óleos con beldades de George Romney que colgaban en la casa de ciudad de Laird, aun cuando estuvo de acuerdo que no se lo merecía, debido a que la apuesta no fue debidamente anotada en el libro de apuestas del White.

Pero en realidad eso no importaba.

Lo que sí importaba era que Lotharian, como siempre, ganó «su» apuesta. La señorita Anne Royle se casó con el conde de MacLaren, el hombre que él le había elegido. Ah, manipular a esta chica para llevarla al altar fue ligeramente más difícil que hacer pasar a su hermana Mary por el pasillo de la iglesia Saint George, pero al final lo consiguió.

Cuando salieron de la casa de los MacLaren en Cockspur Street, Gallantine y Lilywhite le entregaron las pesadas bolsas de piel con oro al vencedor.

—Algún día, Lotharian, tu edad te va a jugar una mala pasada y vas a fracasar rotundamente en tus complejas maquinaciones casamenteras —masculló Lilywhite, mientras caminaban algo tambaleantes hacia el coche que los esperaba.

—Ah, no sé nada de eso, viejo —sonrió Lotharian—. Aún me quedan unos buenos años, y casar a una hermana Royle más.

—Podrías habernos hecho quedar atrapados a todos en esta intriga, pero ¿tres para tres? —terció Gallantine—. Seguro que las hermanas Royle ya conocen tu juego. Sé que nosotros lo conocemos, y no creo que puedas conseguirlo otra vez —declaró.

—¿Os apetece apostar por eso, caballeros? —les retó Lotharian.

Entonces le hizo un guiño a lady Upperton, que comprendió que en ese preciso instante se ponía en marcha el trabajo preliminar para casar a Elizabeth.

Le correspondió el guiño y luego abrió su abanico, para ocultar una sonrisa y su complicidad.

Cuando se marcharon los últimos invitados de la fiesta de celebración, que fueron los Viejos Libertinos y lady Upperton, Anne y Laird levantaron sus copas y brindaron por su amor en privado.

Laird se le acercó a lamerle y mordisquearle la delicada piel de detrás de la oreja.

—¿Me creerás si te digo que me enamoré de ti en el instante en que me robaste la copa en el salón?

Anne le puso una mano en la nuca y le acercó la cara para besarlo.

—Mi marido el libertino. Prométeme que no cambiarás nunca.

La distracción resultó. Con las yemas de los dedos de la mano libre le sacó la copa de la mano sin que él se diera cuenta.

Cuando pusieron fin al beso, ella se rió en voz baja, bebió un trago de su copa y luego otro de la que le había robado.

Él volvió a inclinar la cabeza y la besó dulcemente en los labios.

—Siempre que me prometas que tú tampoco vas a cambiar nunca. Te amo, lady MacLaren.

Ella sonrió, con la boca muy cerca de la suya, que estaba a punto de volverla a besar.

—Y yo te amo, «milaird».

—Ah, caramba, me siento, uy, muy agotado.

Echó a caminar hacia el corredor y giró la cabeza para mirarla por encima del hombro, con una traviesa sonrisa en los labios.

—¿Adónde vas, lord MacLaren? —preguntó ella, todavía en medio del salón, con una copa en cada mano.

Él le hizo un guiño.

—Ah, muchacha. La luna está llena y brillante esta noche. Creo que sabrás dónde encontrarme.

Epílogo

La luz de la luna creciente era tan tenue que no iluminaba bien el camino de Festidius hacia Hyde Park. La caminata no era muy larga, pero el mayordomo temblaba de todos modos, pues no estaba habituado a salir por la noche hasta más allá de Pall Mall, siempre bien iluminada por las luces de gas.

No se le había ocurrido ponerse las botas y temía que la tierra mojada de Rotten Row que sentía hundirse bajo los pies con cada paso le arruinaría los zapatos dejándoselos inservibles. De todos modos continuó caminando hasta llegar al sitio designado por la dama, el puente del Serpentine.

No vio a la figura toda envuelta en negro ébano situada en el centro del puente hasta que ya estuvo muy cerca de ella.

Sintió un revoloteo en el vientre. Todo ese asunto lo superaba; no se habría creído capaz de semejante osadía. Pero por encima de todo, era leal, y sabía muy bien cuál era su deber.

—¿Las tienes? —preguntó la dama en voz baja.

—Sí, milady —repuso Festidius.

Le tembló la mano al entregarle la pequeña cartera de piel que contenía el legajo de cartas robadas.

Ella se levantó la orilla del velo de encajes que le cubría la cara y lo miró con esos penetrantes ojos.

—¿No le dijiste a nadie que localizaste las cartas?

—A nadie, milady, lo juro. Estaba solo cuando las encontré. Estaban exactamente donde usted dijo que estarían.

—Estupendo. —Se bajó el velo, hizo un gesto de agradecimiento con la cabeza, y ya comenzaba a girarse para alejarse cuando se detuvo—. ¿Me harías el favor de acompañarme a mi coche?

Sonriendo de orgullo, Festidius le ofreció el brazo.

—Faltaría más, milady. Lo que sea que se le ofrezca.

Esa misma noche ella leyó todas las cartas. Una tras otra las fue leyendo y al terminar las fue arrojando al fuego del hogar, observándolas enroscarse y ennegrecerse hasta quedar convertidas en cenizas sin ningún valor.

Las quemó todas a excepción de una, la única carta que realmente importaba.

Sosteniendo la carta ante la luz de una sola vela, leyó su contenido de principio a fin una vez más.

Sonrió para sus adentros, extraordinariamente complacida por su ingenio, la dobló con sumo cuidado y la depositó dentro del cofre.

Girando la llave de bronce en el blasón, dejó encerrada ahí la peligrosa carta que buscaban las hermanas Royle, y que no encontrarían jamás.

A no ser que «ella» quisiera.

Y aún no había decidido si quería o no.

Nota de la autora

Me encanta encontrar huecos en la historia, pequeñas grietas entre los hechos conocidos y los desconocidos, para poder saltar dentro y jugar al juego favorito de los novelistas de todo el mundo: ¿y si...?

Por ejemplo, *Cómo atrapar a un conde* explora otra incógnita de la época de la Regencia. Maria Fitzherbert, viuda católica, y el príncipe de Gales se casaron en secreto. En esa época ese matrimonio se hubiera considerado ilegal, pero el problema no acababa ahí; el conocimiento por parte del público de que Prinny se había casado con una católica hubiera puesto en peligro las posibilidades de que lo nombraran regente. Los *tories*, dirigidos por el primer ministro William Pitt, se oponían a que el gobierno pasara del rey enfermo al príncipe de Gales, e hicieron todo lo que estaba en su poder para impedirlo. Durante un tiempo incluso corrió el rumor de que se habían apoderado de la página del registro, firmada por la pareja, que certificaba la boda (prueba concluyente del matrimonio ilegal) con la intención de usarla en contra del príncipe de Gales. Entonces, de repente, desapareció el certificado. ¿Quién lo cogió? Un salto. Bueno, supe quién se lo robó y por qué.

Otras veces saltan mis personajes (en esta novela, muy literalmente) y hace falta un poco de licencia artística por mi parte para llenar el hueco entre la ficción y la exactitud histórica. Por ejemplo, por razones novelísticas inventé el puente sobre el centelleante Serpentine que lo separa de Long Waters, ya que el puente de George Rennie no se construyó hasta 1826.

No hay duda de que esos huecos en la historia me inspiraron para escribir *Cómo seducir a un duque*, la primera novela de la trilogía de las hermanas Royle, y *Como atrapar a un conde*. No olvides buscar *How to Propose to a Prince* la próxima primavera para tener la respuesta al más grande «¿y si...?» histórico de la serie: ¿Son las hermanas Royle las hijas secretas del príncipe de Gales y Maria Fitzherbert? No te desconectes.

KATHRYN CASKIE

www.titania.org

Visite nuestro sitio web y descubra cómo ganar
premios leyendo fabulosas historias.

Además, sin salir de su casa, podrá conocer
las últimas novedades de
Susan King, Jo Beverley o Mary Jo Putney,
entre otras excelentes escritoras.

Escoja, sin compromiso y con tranquilidad,
la historia que más le seduzca
leyendo el primer capítulo de cualquier libro
de Titania.

Vote por su libro preferido y envíe su opinión
para informar a otros lectores.

Y mucho más…